映画館《えいがかん》から脱出《だっしゅつ》せよ!

～生死《せいし》をかけてアイテムをゲットしろ!～

西羽咲花月《にしわざきかつき》・作

なこ・絵

JN197850

アルファポリスきずな文庫

目次《もくじ》

登《とう》場《じょう》人《じん》物《ぶつ》紹《しょう》介《かい》
拓《たく》也《や》
映画部《えいがぶ》の部長《ぶちょう》。
チャラく見《み》えるが
冷静《れいせい》に部員《ぶいん》を
まとめるしっかり者《もの》。
彩《あや》香《か》
明《あか》るく友達《ともだち》思《おも》いの、
中学三年生《ちゅうがくさんねんせい》。
映画部《えいがぶ》の仲間《なかま》と
映画館《えいがかん》に閉《と》じ込《こ》められて……

有《ゆう》
少《すこ》し乱暴《らんぼう》な
ところがある男子《だんし》。
大柄《おおがら》で腕《うで》っぷしは
大人《おとな》並《な》み。
美《み》恵《え》
おしゃれが大好《だいす》きで、
思《おも》ったことを
はっきりと言《い》う
気《き》の強《つよ》い女子《じょし》。
貴《たか》子《こ》
読書家《どくしょか》でいろいろな
知識《ちしき》を持《も》っているが
人付《ひとづ》き合《あ》いが苦手《にがて》で
引《ひ》きこもりぎみ。

1　自主制作映画《じしゅせいさくえいが》

オレンジ色《いろ》の太陽《たいよう》が沈《しず》む中《なか》、飯島丘中学校《いいじまおかちゅうがっこう》の三年生五人組《さんねんせいごにんぐみ》が肩《かた》を並《なら》べて歩《ある》いていた。男子《だんし》は茜色《あかねいろ》のチェック柄《がら》のネクタイ。女子《じょし》は同《おな》じ色《いろ》のチェックのリボンを胸《むね》につけている。五人分《ごにんぶん》の長《なが》い影《かげ》がアスファルトの上《うえ》で左右《さゆう》に揺《ゆ》れて、なんだかおいでおいでと手招《てまね》きされているような気分《きぶん》になる。

「今《いま》の時間《じかん》って逢魔《おうま》が刻《とき》っていうらしいですよ」

不意《ふい》に森山貴子《もりやまたかこ》がつぶやいた。

胸《むね》までの髪《かみ》の毛《け》を丁寧《ていねい》に三《み》つ編《あ》みにして両肩《りょうかた》からたらし、かけている銀縁《ぎんぶち》メガネは夕日《ゆうひ》を反射《はんしゃ》している。

「おうまがとき？」

私《わたし》、宮本彩香《みやもとあやか》は胸《むね》まであるピンク色《いろ》が混《ま》ざった茶色《ちゃいろ》い髪《かみ》の毛《け》をいじりながら聞《き》き返《かえ》す。

私《わたし》の髪色《かみいろ》は生《う》まれつきで、ご先祖様《せんぞさま》に外国人《がいこくじん》がいると聞《き》いたことがあった。その血筋《ちすじ》が関係《かんけい》しているのかわからないけれど、他《ほか》の子《こ》たちに仲間意識《なかまいしき》がとても強《つよ》くて芯《しん》が強《つよ》いと言《い》われることが多《おお》かった。

それに、運動《うんどう》も大好《だいす》き！　運動《うんどう》をすれば、自然《しぜん》と前向《まえむ》きになれる気《き》がする。

「はい。大《おお》きな災《わざわ》いが起《お》こりやすい時間《じかん》で、『魔《ま》』に逢《あ》う時間《じかん》だそうです。『魔《ま》』っていうのは悪魔《あくま》の『魔《ま》』で――」

「ちょっと、怖《こわ》いの苦手《にがて》なくせにそんな話《はなし》やめてよねぇ」

村田美恵《むらたみえ》が顔《かお》をしかめて言《い》うと、貴子《たかこ》は黙《だま》り込《こ》んでしまった。

「どうせ引《ひ》きこもってたときに本《ほん》で読《よ》んだとか、大人《おとな》からの受《う》け売《う》りだろ。すぐに話《はな》したがるんだからよ」

今度《こんど》は平尾有《ひらおゆう》に舌打《したう》ち交《ま》じりに言《い》われて貴子《たかこ》はうつむいた。

貴子《たかこ》は中学《ちゅうがく》に入学《にゅうがく》してから人間関係《にんげんかんけい》がうまくいかなくて、学校《がっこう》に来《こ》ない日《ひ》が増《ふ》えていた。勉強《べんきょう》が得意《とくい》な分《ぶん》、今回《こんかい》みたいに豆知識《まめちしき》を披露《ひろう》することが多《おお》く、それが人《ひと》をバカにしていると勘違《かんちが》いされてしまったらしい。

そんなことがあって以来《いらい》、貴子《たかこ》は同級生《どうきゅうせい》や下級生《かきゅうせい》に向《む》けても敬語《けいご》で話《はなし》をするようになった。

敬語《けいご》は貴子《たかこ》にとって心《こころ》を守《まも》る術《すべ》なのだ。

「ところで、美恵《みえ》。本当《ほんとう》に美恵《みえ》の家《いえ》で映画《えいが》を見《み》られるの？」

誰《だれ》かを責《せ》めるようなことが苦手《にがて》な私《わたし》が気《き》を取《と》り直《なお》して質問《しつもん》すると、美恵《みえ》が大《おお》きくうなずいた。

美恵《みえ》は明《あか》るい金髪《きんぱつ》をゆるく巻《ま》いて肩《かた》まで垂《た》らし、頭《あたま》には白地《しろじ》にカラフルな水玉模様《みずたまもよう》のついたリボンのカチューシャ、耳《みみ》にはシルバーの大《おお》きなイヤリングをつけている。

学校内《がっこうない》でイヤリングなどのアクセサリー類《るい》は禁止《きんし》されているから、放課後《ほうかご》にカバンから取《と》り出《だ》し、わざわざつけているみたいだ。

「今《いま》の時間《じかん》はウチしかいないし、大丈夫《だいじょうぶ》だって！」

「楽《たの》しみだなぁ。俺《おれ》たち三年生《さんねんせい》の最後《さいご》の映画《えいが》だもんな」

有《ゆう》がツンツンに立《た》てた黒髪《くろかみ》の後《うし》ろで腕《うで》を組《く》んで言《い》った。

私《わたし》たち映画部《えいがぶ》の三年生《さんねんせい》はこの制作《せいさく》を最後《さいご》に部活《ぶかつ》を引退《いんたい》することになっている。

だから、今回《こんかい》は先生《せんせい》からの指導《しどう》も後輩《こうはい》たちの力《ちから》も借《か》りずにすべて五人《ごにん》だけで作《つく》り上《あ》げた。

その方《ほう》が思《おも》い出《で》に残《のこ》ると思《おも》ったからだ。

たった二十分《にじっぷん》の映画《えいが》だけれど、見《み》るのが楽《たの》しみで学校《がっこう》を出《で》たときからずっとワクワクしている。

「どこかでお菓子《かし》でも買《か》ってから行《い》こうか。そっちの方《ほう》が楽《たの》しそうだよな」

そう言《い》ったのは三年生《さんねんせい》に上《あ》がってから部長《ぶちょう》を務《つと》めていた伊藤拓也《いとうたくや》だ。

拓也《たくや》のくせ毛《げ》は日焼《ひや》けしてほんのりと赤《あか》くなっている。

笑《わら》うと両頬《りょうほほ》にエクボができて、急《きゅう》に子供《こども》っぽくなるからドキドキしてしまう。

「私《わたし》、チョコレートがいいな！」

すぐに反応《はんのう》すると貴子《たかこ》がくすくすと口元《くちもと》を押《お》さえて笑《わら》った。

さっきまでの落《お》ち込《こ》んだ様子《ようす》は見《み》られない。

「彩香《あやか》ちゃんは食《く》いしん坊《ぼう》ですね」

「いいじゃん。今日《きょう》は特別《とくべつ》ってことで！」

私《わたし》が貴子《たかこ》と肩《かた》を組《く》んだとき、前方《ぜんぽう》を歩《ある》いていた有《ゆう》が立《た》ち止《ど》まった。

つられて立《た》ち止《ど》まると、右手《みぎて》に映画館《えいがかん》が見《み》えた。

「そういえば三日前《みっかまえ》に閉館《へいかん》したんだっけ」

ひと気《け》を感《かん》じない映画館《えいがかん》を見《み》て拓也《たくや》がつぶやく。

この映画館《えいがかん》は街《まち》で唯一《ゆいいつ》の映画館《えいがかん》だった。

けれど隣街《となりまち》に大《おお》きな映画館《えいがかん》ができてから客足《きゃくあし》が遠《とお》のいてしまい、三日前《みっかまえ》に閉館《へいかん》したばかり。

五月劇場

なんだか寂《さび》しい気持《きも》ちになって私《わたし》は映画館《えいがかん》を見上《みあ》げた。

「子供《こども》の頃《ころ》はよく来《き》たのになぁ」

まだ隣街《となりまち》に大《おお》きな映画館《えいがかん》ができる前《まえ》、私《わたし》たちは映画《えいが》を見《み》たくなると必《かなら》ずここへ来《き》ていた。中《なか》には五つのスクリーンがあったけれど、ここ数ヶ月《すうかげつ》はすべてのスクリーンが同時《どうじ》に稼働《かどう》しているのを見《み》たことがない。

きっと、その頃《ころ》から閉館《へいかん》が決《き》まっていたんだろう。

「思《おも》い出《で》の場所《ばしょ》がなくなっちまうのかぁ」

いつもは感傷的《かんしょうてき》な顔《かお》を見《み》せない有《ゆう》も寂《さび》しげな表情《ひょうじょう》を浮《う》かべている。

と、そのときだった。

従業員出入り口《じゅうぎょういんでいぐち》からひとりの男性《だんせい》が出《で》てきて私《わたし》たちに気《き》がついた。

「こんにちは」

咄嗟《とっさ》に頭《あたま》を下《さ》げて挨拶《あいさつ》をすると「こんにちは」と、人懐《ひとなつ》っこそうな笑顔《えがお》を返《かえ》してくれてホッとした。

男性《だんせい》は大《おお》きな段《だん》ボールを抱《かか》えていて、どうやら荷物《にもつ》を運《はこ》び出《だ》しているみたいだ。

男性《だんせい》の後《うし》ろにはまだいくつかの段《だん》ボールが残《のこ》っている。

「手伝《てつだ》います」

拓也《たくや》が男性《だんせい》から段《だん》ボールを受《う》け取《と》り、近《ちか》くに停車《ていしゃ》してある白《しろ》いライトバンに運《はこ》んでいく。

ライトバンの窓《まど》から車内《しゃない》を見《み》ると、すでにいくつかの機材《きざい》が運《はこ》び入《い》れられているのがわかった。

「拓也《たくや》ってば、困《こま》ってる人《ひと》を見《み》たらほっとけないんだから」

と、美恵《みえ》は少《すこ》しめんどくさそうにため息《いき》を吐《は》き出《だ》す。

早《はや》く家《いえ》に帰《かえ》って映画鑑賞《えいがかんしょう》をしたいのに、こんなところで足止《あしど》めを食《く》らうのが気《き》に入《い》らないみたいだ。

「仕方《しかた》ねぇな、俺《おれ》たちも手伝《てつだ》うか」

有《ゆう》が力自慢《ちからじまん》をするように肩《かた》を回《まわ》してから、残《のこ》っている段《だん》ボールの中《なか》で一番大《いちばんおお》きなものを軽々《かるがる》と持《も》ち上《あ》げた。

こうなると女子《じょし》たちも無視《むし》するわけにはいかなくて、小《ちい》さな荷物《にもつ》を持《も》って拓也《たくや》の後《あと》を追《お》いかける。

「ありがとう。君《きみ》たちはそこの中学《ちゅうがく》の生徒《せいと》さんだね？」

制服《せいふく》を見《み》てそう聞《き》かれ、私《わたし》たちはうなずいた。

「そうです。実《じつ》は映画部《えいがぶ》なんです」

拓也《たくや》が車《くるま》に荷物《にもつ》を積《つ》みながら答《こた》えると、美恵《みえ》が撮影用《さつえいよう》のカメラをカバンから取《と》り出《だ》した。

「これで撮影《さつえい》してんの」

本格的《ほんかくてき》な機材《きざい》はないから、いつも小型《こがた》カメラを三台《さんだい》くらい使《つか》って撮影《さつえい》している。

今美恵《いまみえ》が持《も》っているカメラの中《なか》には編集《へんしゅう》が終《お》わったデータが入《はい》っていた。

「ほう、それは興味深《きょうみぶか》いね」

男性《だんせい》は根《ね》っからの映画好《えいがず》きなのか、私《わたし》たちが映画部《えいがぶ》だということを伝《つた》えると興味津々《きょうみしんしん》に目《め》を輝《かがや》かせた。

「俺《おれ》たち今日《きょう》で引退《いんたい》なんです。記念映画《きねんえいが》をこれから美恵《みえ》の家《いえ》で見《み》るつもりで」

拓也《たくや》の説明《せつめい》に、美恵《みえ》がうんうんとうなずいている。

「そうか。僕《ぼく》も見《み》てみたいな」

男性《だんせい》はそうつぶやいてから何《なに》かひらめいたように顔《かお》を上《あ》げた。

「そうだ！　どうせならその映画《えいが》を本物《ほんもの》の映画館《えいがかん》で上映《じょうえい》してみないかい？」

「映画館《えいがかん》で!?」

全員《ぜんいん》が驚《おどろ》いて同時《どうじ》に声《こえ》を上《あ》げていた。

有《ゆう》なんて大《おお》きく目《め》を見開《みひら》いて今《いま》にも男性《だんせい》に食《く》いつきそうな勢《いきお》いだ。

「どうせもうお客《きゃく》さんは入《はい》らないんだ。ちょっとくらいスクリーンで好《す》きな映画《えいが》を流《なが》したって、怒《おこ》られないよ」

男性《だんせい》は軽《かる》い調子《ちょうし》で言《い》いながら映画館《えいがかん》へと戻《もど》っていく。

私《わたし》たちは互《たが》いに目《め》を見交《みか》わした。

本当《ほんとう》は美恵《みえ》の家《いえ》で上映会《じょうえいかい》をするつもりでいたけれど、本物《ほんもの》の映画館《えいがかん》で自分《じぶん》たちの映画《えいが》を見《み》ることができるというのはとても魅力的《みりょくてき》な話《はなし》だった。

ただ、よく知《し》らない男性《だんせい》についていってもいいのかと不安《ふあん》が残《のこ》る。

「大丈夫《だいじょうぶ》だろ、何《なに》かあればスマホで助《たす》けを呼《よ》べる。それに、俺《おれ》の腕《うで》っぷしがあれば大人《おとな》の男《おとこ》だって倒《たお》せるぜ」

不安《ふあん》そうな女子《じょし》たちを見《み》て、有《ゆう》が力《ちから》こぶを作《つく》って言《い》った。

確《たし》かに私《わたし》たち五人《ごにん》はそれぞれ自分《じぶん》のスマホを持《も》っているから、誰《だれ》かが外部《がいぶ》に連絡《れんらく》を入《い》れることはできるはずだ。

「そうだな。今回《こんかい》だけは特別《とくべつ》だ」

みんなの目《め》がキラキラと輝《かがや》いているのを見《み》て、拓也《たくや》が『仕方《しかた》ないな』というようにうなずいた。

部長《ぶちょう》の許可《きょか》が下《お》りれば、あとはこっちのものだ。

有《ゆう》は両手《りょうて》を突《つ》き上《あ》げて「やったぜ！」と声《こえ》を上《あ》げ、美恵《みえ》はその場《ば》で飛《と》び跳《は》ねて喜《よろこ》んでいる。

「すごいですね。自分《じぶん》たちの作《つく》った映画《えいが》を映画館《えいがかん》で見《み》られるなんて夢《ゆめ》みたいです」

貴子《たかこ》も嬉《うれ》しさを隠《かく》しきれず、頬《ほほ》が赤《あか》くなっている。

「そうだね！」

私《わたし》も自分《じぶん》の鼓動《こどう》が速《はや》くなるのを感《かん》じていたのだった。

☆☆☆

従業員用《じゅうぎょういんよう》の出入《でい》り口《ぐち》から中《なか》へ入《はい》ると、そこはすでにガランとしていた。

ホールにあったソファやテーブルは撤去《てっきょ》されていて、売店《ばいてん》の電気《でんき》は落《お》とされ、カウンターの上《うえ》にあったメニュー表《ひょう》には何《なに》も書《か》かれていない。

「なんだか、やっぱり寂《さび》しいですね」

貴子《たかこ》がホールを見回《みまわ》してつぶやいた。

「そうだね」

私《わたし》もポツリと返事《へんじ》をする。

小《ちい》さな声《こえ》で会話《かいわ》をしても、ものが少《すこ》ないから大《おお》きく反響《はんきょう》して聞《き》こえてくる。

休日《きゅうじつ》になると外《そと》まで行列《ぎょうれつ》ができていたチケット売《う》り場《ば》も、今《いま》は誰《だれ》もいない。

思《おも》い出《で》の場所《ばしょ》がなくなる様《さま》をまざまざと見《み》せつけられた私《わたし》の胸《むね》はチクリと痛《いた》んだ。

さっきまで自分《じぶん》たちの映画《えいが》を映画館《えいがかん》で上映《じょうえい》できると大喜《おおよろこ》びしていたけれど、その気持《きも》ちが少《すこ》しずつしぼんでいってしまう。

「みんな、こっちだ」

男性《だんせい》が手招《てまね》きするので近《ちか》づいていくと、鍵《かぎ》の束《たば》が握《にぎ》られていた。

「上映《じょうえい》はスクリーン1ですることにしよう」

男性《だんせい》が足早《あしばや》に上映会場《じょうえいかいじょう》へと向《む》かい、鍵《かぎ》が揺《ゆ》れてジャラジャラと音《おと》を立《た》てた。

一番手前《いちばんてまえ》の上映室《じょうえいしつ》がスクリーン1で、奥《おく》へ行《い》くにつれて2、3、4、5と続《つづ》いている。

昔《むかし》はこのスクリーンがすべて開《ひら》いて色々《いろいろ》な映画《えいが》が同時上映《どうじじょうえい》されていた。

「さあ、入《はい》って」

スクリーン1に入《はい》ると広《ひろ》い客席《きゃくせき》とスクリーンがあり、私《わたし》たちは「うわぁ」と、声《こえ》を上《あ》げた。

「すっげえ！　俺《おれ》たちだけの貸《か》し切《き》りだぜ！」

有《ゆう》が嬉《うれ》しがって客席《きゃくせき》の間《あいだ》を全速力《ぜんそくりょく》で走《はし》り始《はじ》めた。

本当《ほんとう》ならそんなことしちゃいけないけれど、誰《だれ》もいない映画館《えいがかん》の中《なか》なら怒《おこ》られない。

男性《だんせい》が美恵《みえ》から受《う》け取《と》ったカメラを持《も》って映写室《えいしゃしつ》へと向《む》かう。

その瞬間《しゅんかん》、一瞬《いっしゅん》だけれど違和感《いわかん》を覚《おぼ》えた。

美恵《みえ》からカメラを受《う》け取《と》った男性《だんせい》がニヤリと笑《わら》ったように見《み》えたのだ。

でも、気《き》のせい……だよね？

「あそこから俺《おれ》たちの映像《えいぞう》が流《なが》されるんだな」

拓也《たくや》の興奮《こうふん》して上《うわ》ずった声《こえ》を聞《き》いたら、一瞬感《いっしゅんかん》じた不安《ふあん》もすぐに吹《ふ》き飛《と》んでしまった。

「そうだよ。完成《かんせい》ほやほやの映画《えいが》だもん。楽《たの》しみだよね」

と、笑顔《えがお》で答《こた》える。

それから私《わたし》たちは上映室《じょうえいしつ》の中央付近《ちゅうおうふきん》の椅子《いす》に横一列《よこいちれつ》に並《なら》んで座《すわ》った。

私《わたし》の右隣《みぎどなり》には拓也《たくや》がいて、別《べつ》の意味《いみ》で心臓《しんぞう》がドキドキしてきた。

間《あいだ》にポップコーンでもあれば、手《て》が触《ふ》れ合《あ》うようなこともあったかもしれない。

そんなことを考《かんが》えていると上映開始合図《じょうえいかいしあいず》のブザー音《おん》が鳴《な》り響《ひび》いた。

私《わたし》は居住《いず》まいを正《ただ》してスクリーンに集中《しゅうちゅう》する。

「すごい、ちゃんと映画《えいが》になってる！」

上映開始《じょうえいかいし》された自分《じぶん》たちの映画《えいが》に美恵《みえ》が興奮《こうふん》ぎみに声《こえ》を上《あ》げた。

スクリーン上《じょう》には出演《しゅつえん》を依頼《いらい》した同級生《どうきゅうせい》や先生《せんせい》の姿《すがた》が見《み》える。

カメラを担当《たんとう》したのは貴子《たかこ》で、手《て》ブレが少《すこ》なく画面酔《がめんよ》いするようなこともなかった。

「すごいじゃん貴子《たかこ》。カメラマンの才能《さいのう》あるんじゃない？」

「そんな、才能《さいのう》なんてないですよ」

私《わたし》が茶化《ちゃか》すと貴子《たかこ》が照《て》れたように頭《あたま》をかいた。

きっとまんざらでもないんだろう。

映画《えいが》は卒業《そつぎょう》を控《ひか》えた五人《ごにん》が映画《えいが》を撮影《さつえい》するという内容《ないよう》で、自分《じぶん》たちをそのまま物語《ものがたり》に落《お》とし込《こ》んだものだった。

そのため作《つく》っている最中《さいちゅう》にはすごく感情移入《かんじょういにゅう》したし、楽《たの》しかったし、今《いま》までの制作《せいさく》の中《なか》で苦悩《くのう》も一番大《いちばんおお》きかった。

たった二十分《にじっぷん》の上映《じょうえい》だけれど、私《わたし》たちの三年間《さんねんかん》が詰《つ》め込《こ》まれた映画《えいが》だ。

「すっげー!!」

エンディングまで見終《みお》わった後《あと》、有《ゆう》がその場《ば》に立《た》ち上《あ》がって大《おお》きな拍手《はくしゅ》をした。

私《わたし》たちもつられて立《た》ち上《あ》がり、拍手《はくしゅ》する。

自分《じぶん》たちが作《つく》ったものを見《み》るのは少《すこ》しくすぐったいけれど、それでも作《つく》ってよかったと思《おも》える映画《えいが》になっていた。

「こんな映画《えいが》作《つく》れるなんてすごいじゃん、ウチら!!」

美恵《みえ》はその場《ば》で飛《と》び跳《は》ねんばかりに喜《よろこ》んでいる。

「これなら後輩《こうはい》たちに見《み》てもらっても大丈夫《だいじょうぶ》そうだな」

部長《ぶちょう》である拓也《たくや》は一安心《ひとあんしん》といった様子《ようす》でため息《いき》を吐《は》き出《だ》す。

だけどやっぱり嬉《うれ》しいみたいで、その顔《かお》はずっと笑《わら》っている。

しばらくすると会場内《かいじょうない》に電気《でんき》がついて、スクリーンは暗転《あんてん》した。

それでも映画《えいが》を見終《みお》わったときの充実感《じゅうじつかん》が胸《むね》の中《なか》に残《のこ》っている。

男性《だんせい》に声《こえ》をかけてもらえてよかった。

家《いえ》のテレビじゃこれほどの感動《かんどう》を味《あじ》わうことはできなかっただろうから。

「あの人《ひと》にお礼《れい》を言《い》いに行《い》かなきゃな」

「そうだね。行《い》こうか」

私《わたし》はうなずき、五人《ごにん》でお礼《れい》を言《い》うために映写室《えいしゃしつ》へと向《む》かったのだった。

☆☆☆

「すみません。ありがとうございました」

映写室《えいしゃしつ》のドアの前《まえ》で拓也《たくや》が声《こえ》をかける。

中《なか》ではまだ作業《さぎょう》をしているのか、男性《だんせい》からの返事《へんじ》はない。

「入《はい》ってもいいんじゃねぇの？」

有《ゆう》が拓也《たくや》を押《お》しのけてドアの前《まえ》に立《た》ち、大《おお》きな音《おと》でノックする。

それでも返事《へんじ》がなくて、私《わたし》たちは顔《かお》を見合《みあ》わせた。

「きっと作業《さぎょう》に没頭《ぼっとう》してるんだぜ」

有《ゆう》がそう決《き》めつけてドアに手《て》をかける。

映写室《えいしゃしつ》のドアは簡単《かんたん》に開《ひら》いた。

「すみません、ありがとうございました」

という有《ゆう》の声《こえ》は無人《むじん》の映写室《えいしゃしつ》へ消《き》えていった。

中《なか》にあったのは私《わたし》たちのカメラと、残《のこ》されている機材《きざい》や大《おお》きな灰色《はいいろ》のロッカーだけだ。

「あれ？　どこに行《い》ったんでしょうか？」

貴子《たかこ》が廊下《ろうか》を見回《みまわ》すけれど、奥《おく》の方《ほう》は電気《でんき》がついていないから人《ひと》がいるのかどうかわからない。

周辺《しゅうへん》には窓《まど》がなく、闇《やみ》に包《つつ》み込《こ》まれている。

いまさらだけれど、その闇《やみ》を見《み》ているとなんとなく怖《こわ》くなってきて身震《みぶる》いをした。

そもそもここは閉館《へいかん》した映画館《えいがかん》で、本当《ほんとう》なら入《はい》ってはいけない場所《ばしょ》だ。

あの男性《だんせい》だって、勝手《かって》に映画館《えいがかん》の関係者《かんけいしゃ》だと思《おも》い込《こ》んでしまったけれど、名前《なまえ》も知《し》らない人《ひと》だ。

そしてその男性《だんせい》は突如《とつじょ》消《き》えた……。

これってまるでホラー映画《えいが》にありそうな展開《てんかい》。

そこまで考《かんが》えて、慌《あわ》てて左右《さゆう》に首《くび》を振《ふ》って怖《こわ》い想像《そうぞう》をかき消《け》した。

「どうしよう。勝手《かって》に帰《かえ》っていいんですかね？」

貴子《たかこ》が不安《ふあん》そうな声《こえ》でつぶやくので「少《すこ》しだけ待《ま》ってみて、戻《もど》ってこなかったから書《か》き置《お》きを残《のこ》して帰《かえ》ろうか」と、私《わたし》は答《こた》えた。

あまり帰《かえ》るのが遅《おそ》くなると家族《かぞく》が心配《しんぱい》してしまう。

それから美恵《みえ》がカメラを回収《かいしゅう》して、私《わたし》たち五人《ごにん》はスクリーン1へと戻《もど》った。

ここにいれば男性《だんせい》が戻《もど》ってきてくれると思《おも》ったのだ。

「それにしても、最後《さいご》の作品《さくひん》を映画館《えいがかん》で見《み》られるなんて、俺《おれ》たち本当《ほんとう》にツイてるよな！」

有《ゆう》はまだ興奮《こうふん》している。

私《わたし》も今日《きょう》は眠《ねむ》れるかどうかわからない。

「本当《ほんとう》だよね。あそこであの男《おとこ》の人《ひと》が出《で》てこなかったら、無理《むり》だったもんね」

美恵《みえ》が同意《どうい》した、そのときだった。

突然電気《とつぜんでんき》が消《き》えて、貴子《たかこ》が「キャア!?」と、悲鳴《ひめい》を上《あ》げた。

慌《あわ》てて振《ふ》り向《む》いてみると、映写室《えいしゃしつ》のガラス窓《まど》の向《む》こうからスクリーンへ光《ひかり》が放《はな》たれているのが見《み》えた。

スクリーンへ視線《しせん》を向《む》けると、古《ふる》そうな映画《えいが》が流《なが》れている。

「何《なに》これ」

美恵《みえ》が怪訝《けげん》そうな声《こえ》を出《だ》す。

「十年《じゅうねん》くらい前《まえ》のホラー映画《えいが》だよ。チェンソーを持《も》った化《ば》け物《もの》が、村人《むらびと》たちを襲《おそ》うんだ。タイトルは『村人狩《むらびとが》り』」

映画好《えいがず》きな拓也《たくや》がすぐに答《こた》える。

どんな映画《えいが》でもワンシーンを見《み》るだけでそのタイトルを言《い》い当《あ》ててしまうのは、部長《ぶちょう》としてさすがだと思《おも》う。

一方《いっぽう》、ホラーが苦手《にがて》な貴子《たかこ》は、大画面《だいがめん》に出《で》てきた化《ば》け物《もの》を直視《ちょくし》できずに顔《かお》をそむけている。

「なんで急《きゅう》に上映《じょうえい》が始《はじ》まったの？　あの人《ひと》、いなかったよね？」

美恵《みえ》はスクリーンと映写室《えいしゃしつ》を交互《こうご》に見《み》て焦《あせ》った様子《ようす》でつぶやいた。

確《たし》かに映写室《えいしゃしつ》には誰《だれ》もいなかった。

だけど部屋《へや》には大《おお》きなロッカーがあったから、そこに隠《かく》れていたのかもしれない。

「きっと、サプライズで上映《じょうえい》してくれてるんだよ。私《わたし》たちがこの映画館《えいがかん》の最後《さいご》のお客《きゃく》さんだから」

「それならもっと楽《たの》しい映画《えいが》がよかったですよぉ」

私《わたし》の言葉《ことば》に貴子《たかこ》が青《あお》ざめて答《こた》える。

スピーカーから悲鳴《ひめい》が聞《き》こえてくるたびに、貴子《たかこ》は怯《おび》えたように身《み》を震《ふる》わせた。

「俺《おれ》この映画《えいが》すっげー好《す》き！　シリーズ全部《ぜんぶ》見《み》てるぜ！」

貴子《たかこ》とは対照的《たいしょうてき》に有《ゆう》はすごく嬉《うれ》しそうだ。

私《わたし》もホラーは得意《とくい》ではないけれど、上映《じょうえい》されていればつい見《み》てしまう。

「でもこれ全部見《ぜんぶみ》てたらかなり遅《おそ》くなるな。もう帰《かえ》らないと」

スマホで時間《じかん》を確認《かくにん》した拓也《たくや》が残念《ざんねん》そうに言《い》った。

映画《えいが》は一本二時間《いっぽんにじかん》くらいあるから、見終《みお》わって外《そと》へ出《で》る頃《ころ》には日《ひ》が落《お》ちて真《ま》っ暗《くら》になっているはずだ。

「そ、そうですよ。早《はや》く帰《かえ》らなきゃいけませんよ」

貴子《たかこ》がホッとしたように言《い》い「なんだよ、見《み》ていかないのかよ」と、有《ゆう》は文句《もんく》を口《くち》にした。

「ほんっと、あんたたちって真逆《まぎゃく》だよね」

そんなふたりを見《み》て美恵《みえ》がおかしそうに笑《わら》う。

とにかくスクリーン1を出《で》た私《わたし》たちはそのままホールへと向《む》かった。

ガラス張《ば》りの壁《かべ》から外《そと》を見《み》ると、随分《ずいぶん》と日《ひ》が落《お》ちているのがわかった。

今《いま》から帰《かえ》ればギリギリ真《ま》っ暗《くら》になる前《まえ》に家《いえ》に着《つ》くことができそうだ。

「それにしてもどこに行《い》ったんだろうね？」

ホールにもカウンターにも男性《だんせい》の姿《すがた》が見《み》えなくて、私《わたし》は首《くび》をかしげた。

「わからない。彩香《あやか》の言《い》う通《とお》りメモを残《のこ》して帰《かえ》るしかなさそうだな」

拓也《たくや》はそう言《い》うとカバンからノートとボールペンを取《と》り出《だ》して、男性宛《だんせいあて》にメッセージを残《のこ》した。

上映《じょうえい》してくれたことへの感謝《かんしゃ》と、先《さき》に帰《かえ》るということを書《か》いてカウンターに置《お》く。

「さ、帰《かえ》ろうか」

準備《じゅんび》を終《お》えて従業員用《じゅうぎょういんよう》の出入《でい》り口《ぐち》へと向《む》かう。

拓也《たくや》がドアを開《あ》けようとしたとき、その顔色《かおいろ》が変《か》わった。

「どうしたの？」

後《うし》ろから声《こえ》をかけると「開《ひら》かないんだ」と、返事《へんじ》があった。

「開《ひら》かないって、鍵《かぎ》がかかってるってこと？」

手元《てもと》を覗《のぞ》き込《こ》んでみるけれど、鍵《かぎ》はかかっていないみたいだ。

仮《かり》に鍵《かぎ》がかけられていたとしても、内側《うちがわ》から解錠《かいじょう》して外《そと》へ出《で》ることはできる。

「もう、そういうのよしてください」

怖《こわ》い映画《えいが》を見《み》た後《あと》だからか、貴子《たかこ》が余計《よけい》に怯《おび》えている。

「いや、本当《ほんとう》に開《ひら》かないんだって！」

拓也《たくや》が何度《なんど》もドアをガタガタと揺《ゆ》らすが、ドアはビクともしない。

その顔色《かおいろ》はどんどん青《あお》ざめていく。

とても演技《えんぎ》をしているようには見《み》えなくて、私《わたし》の心臓《しんぞう》もドクドクと激《はげ》しく音《おと》を立《た》て始《はじ》めた。

「はいはい」

拓也《たくや》の言葉《ことば》を信《しん》じていない有《ゆう》が拓也《たくや》を押《お》しのけてドアノブへ手《て》をかける。

しかし、押《お》しても引《ひ》いてもやはりドアは動《うご》かなかった。

「おい、まじかよ。本当《ほんとう》に開《ひら》かねぇ！」

「ねえ、笑《わら》えないんだけど。そんなことするなら私《わたし》、親呼《おやよ》ぶよ？」

美恵《みえ》がそう言《い》ってスマホを取《と》り出《だ》す。

が、その顔《かお》はすぐに引《ひ》きつった。

「どうしたの？」

「電波《でんぱ》がないの」

横《よこ》から覗《のぞ》き込《こ》んでみると、確《たし》かにスマホは圏外《けんがい》になっている。

だけど、この場所《ばしょ》で電波《でんぱ》が通《つう》じなかったことなんて、ないはずだ。

慌《あわ》てて自分《じぶん》のスマホを取《と》り出《だ》して確認《かくにん》すると、美恵《みえ》と同《おな》じように圏外《けんがい》になっていた。

「ねぇ、ちょっと見《み》て！」

美恵《みえ》が有《ゆう》と拓也《たくや》を呼《よ》んでスマホの電波《でんぱ》がないことを説明《せつめい》している。

その間《あいだ》にドアを確認《かくにん》してみた。でも拓也《たくや》たちが言《い》っていた通《とお》り、開《あ》けることができなくなっていた。

「こっちは開《ひら》かないんですかね」

震《ふる》える声《こえ》で言《い》ったのは貴子《たかこ》だ。

私《わたし》たちは従業員用《じゅうぎょういんよう》出《で》入《い》り口《ぐち》の確認《かくにん》ばかりしていたけれど、お客《きゃく》さん用《よう》の入《い》り口《ぐち》は確認《かくにん》していない。

そこは自動《じどう》ドアになっていて、下《した》に鍵《かぎ》がかかっている。

解錠《かいじょう》すれば力《ちから》ずくで開《あ》けることができるはずだ。

貴子《たかこ》が足元《あしもと》の鍵《かぎ》を開《あ》けてドアの隙間《すきま》に細《ほそ》い指《ゆび》を入れる。

しかし、ドアは簡単《かんたん》には開《ひら》かない。

「そんなに動《うご》かねぇか？」

有《ゆう》がやってきて貴子《たかこ》と一緒《いっしょ》にドアを開《あ》けようとするが、さっきと同《おな》じでビクともしない。

「無理《むり》だ、全然動《ぜんぜんうご》かねぇ」

有《ゆう》が舌打《したう》ちしてつぶやく。

「あの人《ひと》を探《さが》そう。じゃないと帰《かえ》れない」

拓也《たくや》が引《ひ》きつった声《こえ》で言《い》う。

みんな映画館《えいがかん》の中《なか》を渦巻《うずま》いている異様《いよう》な雰囲気《ふんいき》に気《き》がついて、緊張《きんちょう》した表情《ひょうじょう》を浮《う》かべていたのだった。

☆☆☆

映画館内《えいがかんない》を探《さが》すため、私《わたし》たちは二手《ふたて》に分《わ》かれることになった。

私《わたし》と拓也《たくや》。

そして美恵《みえ》、貴子《たかこ》、有《ゆう》の三人《さんにん》だ。

一通《ひとどお》り探《さが》し終《お》わったらホールへ戻《もど》ってくる約束《やくそく》をして左右《さゆう》に分《わ》かれる。

私《わたし》と拓也《たくや》は従業員用《じゅうぎょういんよう》の事務所《じむしょ》がある方向《ほうこう》へと歩《ある》き出《だ》した。

「俺《おれ》たちを置《お》いて帰《かえ》ることはないはずだよな」

「うん。映画《えいが》だって上映《じょうえい》されたままだし、まだどこかにいるはずだよ」

私《わたし》は答《こた》える。

昔《むかし》はフィルム上映《じょうえい》だったけれど、今《いま》はスイッチひとつで上映《じょうえい》を開始《かいし》することができる。

だから映画《えいが》を流《なが》している最中《さいちゅう》に映写室《えいしゃしつ》から出《で》ることは可能《かのう》だ。

それでも映写技士《えいしゃぎし》さんが映写室《えいしゃしつ》からいなくなってしまうとトラブルが起《お》きたときの対応《たいおう》ができないし、長時間席《ちょうじかんせき》を外《はず》すことはないはず。

今回《こんかい》は特別上映《とくべつじょうえい》だったから、男性《だんせい》は映写室《えいしゃしつ》を離《はな》れたのかもしれない。

「すみません、誰《だれ》かいませんか？」

大《おお》きな声《こえ》を上《あ》げるとガランとした空間《くうかん》に自分《じぶん》たちの声《こえ》が響《ひび》き渡《わた》る。

まるで暗《くら》いトンネルの中《なか》を歩《ある》いているような錯覚《さっかく》に陥《おちい》って、背筋《せすじ》がゾッと寒《さむ》くなった。

貴子《たかこ》が言《い》っていた逢魔《おうま》が刻《とき》という言葉《ことば》を思《おも》い出《だ》す。

魔《ま》に逢《あ》う時間帯《じかんたい》。

閉鎖《へいさ》された映画館内《えいがかんない》に取《と》り残《のこ》された私《わたし》たちは、魔《ま》を目《め》の前《まえ》にしているんじゃないだろうか。

「彩香《あやか》、大丈夫《だいじょうぶ》か？」

黙《だま》り込《こ》んでしまった私《わたし》を心配《しんぱい》して拓也《たくや》が声《こえ》をかけてくれる。

「うん。なんとか」

そう答《こた》えてもっと奥《おく》へ歩《ある》いていくと前方《ぜんぽう》に事務所《じむしょ》が見《み》えてきた。

ドアはすんなり開《ひら》いたが、中《なか》は真《ま》っ暗《くら》だ。

壁《かべ》に手《て》を当《あ》てて電気《でんき》のスイッチを押《お》すと、灰色《はいいろ》の事務机《じむづくえ》が並《なら》んでいるのがわかった。

まるで職員室《しょくいんしつ》みたいだ。

「誰《だれ》かいませんか？」

拓也《たくや》の声《こえ》に反応《はんのう》はない。

人《ひと》の気配《けはい》は少《すこ》しもしなくて、事務所内《じむしょない》には寒々《さむざむ》しい空気《くうき》が流《なが》れている。

「本当《ほんとう》に帰《かえ》っちゃったのかな？」

これだけ探《さが》しても自分《じぶん》たちの物音《ものおと》以外《いがい》、何《なに》も聞《き》こえてこない。

もう誰《だれ》もいないと考《かんが》えた方《ほう》が自然《しぜん》だった。

「もしそうだとしたら、誰《だれ》かに助《たす》けに来《き》てもらわないといけなくなる。でも、スマホの電波《でんぱ》はないし、どうすればいいだろう」

拓也《たくや》の顔《かお》が険《けわ》しくなる。

ドアは開《ひら》かないし、スマホも通《つう》じない状況《じょうきょう》では、帰《かえ》ることはできない。

「その電話《でんわ》なら使《つか》えるかも！」

デスクの上《うえ》に置《お》かれている固定電話《こていでんわ》を見《み》つけて私《わたし》は叫《さけ》んだ。

「よし、使《つか》ってみよう」

拓也《たくや》がさっそく手《て》を伸《の》ばす。

受話器《じゅわき》を持《も》ち上《あ》げて自宅《じたく》の電話番号《でんわばんごう》をプッシュし始《はじ》めた。

が、その指《ゆび》が途中《とちゅう》で止《と》まった。

「どうかしたの？」

「固定電話《こていでんわ》って受話器《じゅわき》を上《あ》げたらツーッツーッて音《おと》がするよな？」

「うん。確《たし》かそういう音《おと》がしてたと思《おも》うよ？」

スマホを持《も》つ前《まえ》は友達《ともだち》との電話《でんわ》はすべて固定電話《こていでんわ》だったから、覚《おぼ》えている。

拓也《たくや》がこちらへ受話器《じゅわき》を差《さ》し出《だ》してきたので、私《わたし》は耳《みみ》を近《ちか》づけた。

受話器《じゅわき》からは何《なに》も聞《き》こえてこない。

手《て》を伸《の》ばして適当《てきとう》に番号《ばんごう》を押《お》してみたけれど、それに反応《はんのう》する音《おと》も聞《き》こえてこなかった。

「これ、壊《こわ》れてるの？」

「わからない。線《せん》はつながってるんだけどな」

この映画館《えいがかん》はすでに使《つか》われなくなっているし、電話《でんわ》を解約《かいやく》してしまっているのだろうか。

ホールがガランとしているから、次《つぎ》は事務所《じむしょ》の片付《かたづ》けをする予定《よてい》だったのかもしれない。

いずれにせよ、スマホも電話《でんわ》も使《つか》えないことがわかってしまった。

「誰《だれ》かいませんか？」

声《こえ》をかけながら従業員用《じゅうぎょういんよう》の休憩室《きゅうけいしつ》を確認《かくにん》するが、誰《だれ》の姿《すがた》もない。

ホールへ戻《もど》ったときには外《そと》は随分暗《ずいぶんくら》くなっていた。

「おい、誰《だれ》かいたか!?」

すでにホールへ戻《もど》っていた有《ゆう》がこちらに気《き》がついて駆《か》け寄《よ》ってきた。

その額《ひたい》には汗《あせ》が滲《にじ》んでいて、かなり焦《あせ》っているのがわかった。

拓也《たくや》が左右《さゆう》に首《くび》を振《ふ》る。

「こっちも、誰《だれ》も見《み》つけられなかった。一体《いったい》どうなってんだ!?」

苛立《いらだ》ったように有《ゆう》がカウンターを蹴《け》りつける。

ガンッという激《はげ》しい音《おと》に貴子《たかこ》がビクリと体《からだ》を跳《は》ねさせた。

「有《ゆう》たちはどこを調《しら》べたの？」

「俺《おれ》たちは上映室《じょうえいしつ》を調《しら》べた。だけど他《ほか》の上映室《じょうえいしつ》は鍵《かぎ》がかかってて入《はい》れなかったんだ」

「私《わたし》たちが映画《えいが》を見《み》せてもらったスクリーン1だけ、鍵《かぎ》を開《あ》けてくれたんだと思《おも》う」

と、美恵《みえ》が補足《ほそく》した。

それでは調《しら》べられるところも少《すこ》なかっただろう。

「あ、あの……」

貴子《たかこ》がおずおずと前《まえ》に出《で》てくる。

「貴子《たかこ》、どうしたの？」

「ここはガラス張《ば》りの壁《かべ》だから、外《そと》を歩《ある》いている人《ひと》たちが気《き》がついてくれるんじゃないでしょうか」

そう言《い》われて外《そと》へ視線《しせん》を向《む》けると、今《いま》の時間帯《じかんたい》は歩《ある》いて帰宅《きたく》しているスーツ姿《すがた》の人《ひと》たちが多《おお》かった。

中《なか》には夕飯《ゆうはん》の買《か》い物帰《ものがえ》りなのか、スーパーの袋《ふくろ》を持《も》った人《ひと》たちの姿《すがた》もある。

「それだ！」

有《ゆう》がパチンッと指《ゆび》を鳴《な》らしてさっそくガラス張《ば》りの壁《かべ》へと歩《ある》いていく。

私《わたし》たちもすぐにその後《あと》を追《お》いかけた。

もうなりふりかまってはいられない。

私《わたし》たちは完全《かんぜん》にここに閉《と》じ込《こ》められてしまったんだから。

「おい！　誰《だれ》か助《たす》けてくれ！」

有《ゆう》がガラスを叩《たた》いて声《こえ》を張《は》り上《あ》げる。

けれど通行人《つうこうにん》たちは気《き》がつくことなく歩《ある》き去《さ》っていく。

「誰《だれ》か、助《たす》けてください！　閉《と》じ込《こ》められているんです！」

貴子《たかこ》も普段《ふだん》の大人《おとな》しさからは想像《そうぞう》もつかないくらいの大声《おおごえ》を出《だ》してガラスを叩《たた》く。

「誰《だれ》か！　気《き》がついてくれ！」

「早《はや》く助《たす》けてよ！」

次々《つぎつぎ》に声《こえ》を上《あ》げて助《たす》けを呼《よ》ぶけれど、こちらを振《ふ》り返《かえ》る人《ひと》はいない。

すでに閉館《へいかん》してしまった映画館《えいがかん》なんて、見向《みむ》きもしないのかもしれない。

「くそ！　なんで無視《むし》するんだよ！」

有《ゆう》がガラスを蹴飛《けと》ばして悪態《あくたい》をつく。

「無視《むし》っていうか、ウチらのこと見《み》えてる？」

美恵《みえ》が眉間《みけん》にシワを寄《よ》せて言《い》った。

「はぁ？　どういうことだよ？」

「だって、さっきから五人《ごにん》でガラスにへばりついて叫《さけ》んでるんだよ？　これで気《き》がつかないなんて、ありえなくない？」

美恵《みえ》の言葉《ことば》にサッと血《ち》の気《け》が引《ひ》いていくのを感《かん》じた。

「そ、そんなことないでしょ……」

マジックミラーみたいに、一方《いっぽう》からしか相手《あいて》の様子《ようす》が見《み》えないガラスを使用《しよう》していればそういうことも起《お》こるかもしれない。

だけど、ここの窓《まど》ガラスは特殊《とくしゅ》なものではなかったはず。

もし外《そと》の人《ひと》たちに自分《じぶん》の姿《すがた》が見《み》えていないとすれば、私《わたし》たちはここにいるのにいない人間《にんげん》ということになってしまう。

自分《じぶん》が死《し》んでいることに気《き》がついていない死者《ししゃ》の物語《ものがたり》というのを昔《むかし》、見《み》た気《き》がする。

もしかして、私《わたし》たちはもう……？

そこまで考《かんが》えて思《おも》わず自分《じぶん》の胸《むね》に手《て》を当《あ》てた。

ちゃんと心臓《しんぞう》が動《うご》いていることを確認《かくにん》して息《いき》を吐《は》き出《だ》す。

「俺《おれ》たちが見《み》えてないなんて、そんなことあるわけねぇだろ!!」

有《ゆう》が恐怖《きょうふ》から叫《さけ》ぶ。

そして力《ちから》いっぱいガラスを蹴飛《けと》ばした。

怪力《かいりき》の有《ゆう》が蹴り飛《と》ばしてもガラスはびくともせず、ヒビも入《はい》らない。

「くそっ、くそっくそっ！」

叫《さけ》ぶたびにガラスを蹴《け》る有《ゆう》から、貴子《たかこ》が距離《きょり》を置《お》いた。

「有《ゆう》、落《お》ち着《つ》け。苛立《いらだ》ってても仕方《しかた》ないだろ」

「じゃあ、どうしろっつーんだよ！」

有《ゆう》は拓也《たくや》にも唾《つば》を吐《は》きかける。

「もう一度《いちど》、映画館《えいがかん》の中《なか》を見《み》て回《まわ》ろう」

2　化《ば》け物《もの》

さっきは広《ひろ》い部屋《へや》の中《なか》だけを大雑把《おおざっぱ》に確認《かくにん》したので、今度《こんど》は客用《きゃくよう》のトイレから調《しら》べてみることになった。

ここのトイレは男子《だんし》トイレと女子《じょし》トイレと多目的《たもくてき》トイレの三種類《さんしゅるい》ある。

「女子《じょし》は女子《じょし》トイレ。俺《おれ》と有《ゆう》は男子《だんし》トイレを調《しら》べる」

拓也《たくや》の言葉《ことば》に私《わたし》は小《ちい》さくうなずいた。

「彩香《あやか》、先《さき》に行《い》ってよ」

女子《じょし》トイレのドアを目《め》の前《まえ》にして美恵《みえ》が後《うし》ろから背中《せなか》を押《お》してきた。

「ちょっと、押《お》さないでよ」

ここのトイレは何度《なんど》か使《つか》ったことがあるけれど、今《いま》の状況《じょうきょう》でドアを開《ひら》くのは怖《こわ》くて仕方《しかた》ない。

ノブに伸《の》ばしかけた手《て》を何度《なんど》も引《ひ》っ込《こ》めてしまう。

「や、やっぱりここは男子《だんし》にやってもらいませんか？」

少《すこ》し離《はな》れた場所《ばしょ》から貴子《たかこ》が弱々《よわよわ》しい声《こえ》でつぶやく。

だけど拓也《たくや》と有《ゆう》はもう男子《だんし》トイレに入《はい》ってしまっている。

いまさら呼《よ》び戻《もど》すことはできず、私《わたし》は勇気《ゆうき》を出《だ》してドアノブに手《て》をかけた。

回《まわ》すタイプのドアノブをつかみ、手首《てくび》をひねる。

手前《てまえ》に引《ひ》くとギギギギィ……と鈍《にぶ》い音《おと》が響《ひび》いてドアが半分《はんぶん》ほど開《ひら》いた。

中《なか》は電気《でんき》がついていなくて暗《くら》く、奥《おく》まで見《み》えない。

「えっと、電気《でんき》は……」

恐怖《きょうふ》と不安《ふあん》で手《て》に汗《あせ》を滲《にじ》ませながらドアの隙間《すきま》に腕《うで》を入《い》れて壁《かべ》をさぐる。

するとすぐに電気《でんき》のスイッチを見《み》つけた。

それを押《お》すとパチッと音《おと》がして明《あか》るいＬＥＤ《エルイーディー》ライトがついた。

明《あか》るくなったことにひとまず安心《あんしん》して、トイレに一歩《いっぽ》踏《ふ》み込《こ》んだ。

真《ま》っ白《しろ》なタイルはキレイに掃除《そうじ》されているものの、劣化《れっか》してあちこちにヒビが入《はい》っていた。

閉館《へいかん》してからトイレ自体《じたい》も使《つか》われていないようで、こもった臭《にお》いがしている。

「誰《だれ》かいませんか？」

やはり声《こえ》が反響《はんきょう》して、それだけで怖《こわ》くて震《ふる》えてしまった。

私《わたし》の後《うし》ろから美恵《みえ》と貴子《たかこ》がついてきてくれなければ、すぐに逃《に》げ戻《もど》っていただろう。

「ここのトイレの個室《こしつ》、人《ひと》が入《はい》ってなくてもドアが閉《し》まるタイプなんだよね。ひとつひとつ見《み》ていった方《ほう》がいいのかな」

女子《じょし》トイレの個室《こしつ》は全部《ぜんぶ》で三《みっ》つある。そのドアはすべて閉《し》まっていた。

「そりゃ見《み》た方《ほう》がいいよ」

私《わたし》の背中《せなか》にピッタリとくっついた美恵《みえ》が答《こた》える。

トイレに入《はい》るだけで怖《こわ》くて汗《あせ》をかいているのに、個室《こしつ》をひとつひとつ調《しら》べていくなんて嫌《いや》で仕方《しかた》ない。

だけど誰《だれ》かいるかもしれないし……

そんなことを考《かんが》えていたとき、急《きゅう》に貴子《たかこ》が「エイッ」という掛《か》け声《ごえ》と共《とも》に一番手前《いちばんてまえ》のドアを開《ひら》いた。

勢《いきお》いよく内側《うちがわ》へ開《ひら》いたドアがガンと壁《かべ》にぶつかる音《おと》が響《ひび》く。

中《なか》にはくすんだ色合《いろあ》いの洋式《ようしき》の便器《べんき》があるだけだ。

「こ、ここには誰《だれ》もいませんでした」

声《こえ》を震《ふる》わせているあたり、相当勇気《そうとうゆうき》を振《ふ》り絞《しぼ》ったのだろう。

「ありがとう貴子《たかこ》」

お礼《れい》を言《い》ってから、残《のこ》りふたつのドアを見《み》つめる。

私《わたし》は一番奥《いちばんおく》のドアの前《まえ》に立《た》ち、美恵《みえ》が真《ま》ん中《なか》のドアの前《まえ》に立《た》った。

互《たが》いに視線《しせん》を合《あ》わせて、「せーのっ」と掛《か》け声《ごえ》をかけて同時《どうじ》にドアを開く。

バタンと開《ひら》いたドアの向《む》こうには同《おな》じ便器《べんき》があって、誰《だれ》の姿《すがた》もなかった。

ホッと胸《むね》をなで下《お》ろすと同時《どうじ》に、誰《だれ》もいなかったことにまた不安《ふあん》が膨《ふく》らんでいく。

あの男性《だんせい》はどこに行《い》ったんだろう。

「彩香《あやか》、出《で》よう」

美恵《みえ》に急《せ》かされて、私《わたし》はそそくさと女子《じょし》トイレを後《あと》にしたのだった。

「誰《だれ》かいた？」

廊下《ろうか》へ戻《もど》るとすでに有《ゆう》と拓也《たくや》の姿《すがた》があり、私《わたし》は拓也《たくや》からの質問《しつもん》に首《くび》を左右《さゆう》に振《ふ》った。

「誰《だれ》もいなかった」

「そうか。男子《だんし》トイレも多目的《たもくてき》トイレも調《しら》べたけど、誰《だれ》もいなかった」

男性《だんせい》は私《わたし》たちを映画館《えいがかん》に残《のこ》したままこつ然《ぜん》と消《き》えてしまったのだ。

「これって誘拐《ゆうかい》になるんじゃねぇの？」

上映室《じょうえいしつ》へと移動《いどう》しながら有《ゆう》が言《い》う。

「自分《じぶん》たちでここに来《き》たんだから、さすがにそれはないでしょ。それを言《い》うなら監禁罪《かんきんざい》とか？」

「ぜってえ許《ゆる》さねえ!!」

有《ゆう》と美恵《みえ》はさっきから男性《だんせい》がどんな罪《つみ》になるかを言《い》い合《あ》っている。

つい一時間前《いちじかんまえ》まではあんなに嬉《うれ》しい気持《きも》ちでいたのに、今《いま》では苛立《いらだ》ちが勝《まさ》っていた。

「まだ上映《じょうえい》されてるんだな」

拓也《たくや》がスクリーン1の扉《とびら》を開《あ》けて言《い》った。

私《わたし》たちがここから逃《に》げ出《だ》そうとする前《まえ》から流《なが》れているホラー映画《えいが》は、まだ続《つづ》いているみたいだ。

「映画《えいが》が流《なが》れ続《つづ》けてるってことは映写室《えいしゃしつ》には誰《だれ》もいないってことだよね？　上映《じょうえい》スイッチが止《と》められてないんだから」

美恵《みえ》の言葉《ことば》に「たぶん」と、答《こた》える。

それでも念《ねん》のために映写室《えいしゃしつ》へ向《む》かって確認《かくにん》してみたけれど、思《おも》った通《とお》り男性《だんせい》はおらず、映画《えいが》だけが流《なが》されていた。

スクリーン1に戻《もど》ると私《わたし》たちは椅子《いす》に座《すわ》り込《こ》んでしまった。

「これからどうしよう？」

「朝《あさ》まで待《ま》てば、誰《だれ》かが来《く》るかもしれないけど……」

そこまで言《い》って拓也《たくや》は黙《だま》り込《こ》んだ。

朝《あさ》までここで過《す》ごすことを考《かんが》えて憂鬱《ゆううつ》な気持《きも》ちになってしまう。

トイレの水《みず》は流《なが》れるようだったけれど、食《た》べ物《もの》も飲《の》み物《もの》もないし、お風呂《ふろ》やベッドもない。

「こんなところで野宿《のじゅく》かよ」

「建物内《たてものない》なんだから野宿《のじゅく》とは言《い》わないでしょ」

また有《ゆう》と美恵《みえ》がそんなやりとりを始《はじ》めた。

「そもそも誰《だれ》だよ、あの男《おとこ》の誘《さそ》いに乗《の》ったのはよぉ！」

「ちょっと有《ゆう》、それは違《ちが》うじゃん。みんな楽《たの》しんだし嬉《うれ》しかったんだから」

このままじゃ仲間割《なかまわ》れに発展《はってん》しそうで、私《わたし》は慌《あわ》てて有《ゆう》を止《と》めた。

誰《だれ》か悪《わる》いと言《い》うなら、間違《まちが》いなくあの男性《だんせい》が悪《わる》いに決《き》まっている。

「ね、ねぇ、あれを見《み》てください」

みんなが言《い》い合《あ》いをしている間《あいだ》に貴子《たかこ》がスクリーンを指差《ゆびさ》した。

その指《ゆび》は小刻《こきざ》みに震《ふる》えている。

「どうしたの？」

聞《き》きながらスクリーンへ視線《しせん》を向《む》けると、チェンソーを持《も》った化《ば》け物《もの》がこちらへ向《む》けて走《はし》ってくるシーンだった。

だけど途中《とちゅう》で映像《えいぞう》が乱《みだ》れたかと思《おも》うと、また画面《がめん》の奥《おく》からこちらへ向《む》けて走《はし》ってくる。

それを何度《なんど》も繰《く》り返《かえ》しているのだ。

「データがバカになったんだ。映画《えいが》を停止《ていし》してこよう」

拓也《たくや》が映写室《えいしゃしつ》へ行《い》くために立《た》ち上《あ》がる。

と、その瞬間《しゅんかん》だった。

化《ば》け物《もの》がスクリーンめがけて突進《とっしん》してきたのだ。

「キャア！」

思《おも》わず悲鳴《ひめい》を上《あ》げて椅子《いす》と椅子《いす》の間《あいだ》にうずくまる。

スクリーンから飛《と》び出《だ》してくるように見《み》えるのは演出《えんしゅつ》だとわかっているけれど、それにしてはリアルで、まるで化《ば》け物《もの》から自分《じぶん》たちの姿《すがた》が見《み》えているみたいだった。

心臓《しんぞう》がバクバクと音《おと》を立《た》て始《はじ》めたとき、バリッと大《おお》きな紙《かみ》が引《ひ》き裂《さ》かれるような音《おと》が聞《き》こえてきて顔《かお》を上《あ》げた。

椅子《いす》の合間《あいま》から周《まわ》りの様子《ようす》を確認《かくにん》してみると、貴子《たかこ》も椅子《いす》と椅子《いす》の間《あいだ》の通路《つうろ》に座《すわ》り込《こ》んで両《りょう》耳《みみ》を塞《ふさ》いでいた。

そして美恵《みえ》と有《ゆう》と拓也《たくや》の三人《さんにん》は棒立《ぼうだ》ちになってスクリーンを見《み》つめている。

「今《いま》の音《おと》はなんだったの？」

質問《しつもん》しながら立《た》ち上《あ》がった私《わたし》の目《め》に飛《と》び込《こ》んできたのは、破《やぶ》れたスクリーンと、その前《まえ》に立《た》っているチェンソーを持《も》った化《ば》け物《もの》の姿《すがた》だった。

化《ば》け物《もの》は身長《しんちょう》が二《に》メートル以上《いじょう》あり、横幅《よこはば》も大《おお》きい。

全身赤茶色《ぜんしんあかちゃいろ》い肌《はだ》をしていて、青《あお》い血管《けっかん》が浮《う》き出《で》ている。

不自然《ふしぜん》なほどついた筋肉《きんにく》がモコモコと皮膚《ひふ》の下《した》で動《うご》いているのがわかった。

「あ……え……」

今《いま》までスクリーンの中《なか》にいた化《ば》け物《もの》が現実《げんじつ》にいる。

信《しん》じられない光景《こうけい》に私《わたし》も棒立《ぼうだ》ちになって、頭《あたま》の中《なか》が真《ま》っ白《しろ》に染《そ》まった。

「隠《かく》れろ!!」

拓也《たくや》の叫《さけ》び声《ごえ》と同時《どうじ》に我《われ》に返《かえ》った私《わたし》はまた椅子《いす》の間《あいだ》に身《み》をひそめた。

「あれはなんですか？　どうしてあんなのがいるんですか？」

椅子《いす》の隙間《すきま》から化《ば》け物《もの》を見《み》た貴子《たかこ》が両目《りょうめ》からボロボロと涙《なみだ》をこぼしてつぶやいている。

「シッ！　静《しず》かに貴子《たかこ》」

人差《ひとさ》し指《ゆび》を口《くち》に当《あ》てると、貴子《たかこ》は両手《りょうて》で自分《じぶん》の口《くち》をおおった。

そうしていないとどうしても悲鳴《ひめい》がほとばしってしまうのだろう。

化《ば》け物《もの》がステージの上《うえ》から降《お》りてくる足音《あしおと》が聞《き》こえてくる。

それはズシンズシンと、まるで小《ちい》さな地震《じしん》を繰《く》り返《かえ》すように地面《じめん》を揺《ゆ》らす。

「フゥーフゥー」

規則正《きそくただ》しく聞《き》こえてくるのは化《ば》け物《もの》の鼻息《はないき》だ。

化《ば》け物《もの》の足音《あしおと》はだんだんこちらへ近《ちか》づいてきて、私《わたし》と貴子《たかこ》は何度《なんど》も目《め》を見交《みか》わした。

このままじゃきっと見《み》つかる。

背中《せなか》にじっとりと汗《あせ》が滲《にじ》んで全身《ぜんしん》が小刻《こきざ》みに震《ふる》える。

そのとき貴子《たかこ》がこらえきれずに「うぅっ」と小《ちい》さくうめき声《ごえ》を上《あ》げた。

次《つぎ》の瞬間《しゅんかん》、ズシンズシンと化《ば》け物《もの》の足音《あしおと》が速《はや》くなった。

「外《そと》へ逃《に》げるぞ!!」

拓也《たくや》の声《こえ》が聞《き》こえてきて私《わたし》は反射的《はんしゃてき》に立《た》ち上《あ》がっていた。

思《おも》った通《とお》り、化《ば》け物《もの》はすぐそばまで来《き》ている。

「貴子《たかこ》、立《た》ち上《あ》がって！」

「うわぁあああ！」

貴子《たかこ》が叫《さけ》びつつ立《た》ち上《あ》がるのと、化《ば》け物《もの》が貴子《たかこ》めがけて近《ちか》づいていくのはほぼ同時《どうじ》だった。

化《ば》け物《もの》の右手《みぎて》が貴子《たかこ》を捕《つか》まえようと前《まえ》に伸《の》ばされる。

「その化《ば》け物《もの》は獲物《えもの》を捕《つか》まえて巣《す》に持《も》ち帰《かえ》る。チェンソーを使《つか》うのはその後《あと》だから、今《いま》ならまだ逃《に》げられる！」

出口《でぐち》へと走《はし》りながら拓也《たくや》が叫《さけ》ぶ。

有《ゆう》と美恵《みえ》がダッシュで出口《でぐち》に向《む》かって、外《そと》へと飛《と》び出《だ》していった。

私《わたし》は恐怖《きょうふ》でそれ以上足《いじょうあし》が動《うご》かず、貴子《たかこ》と化《ば》け物《もの》をジッと見《み》つめる。

貴子《たかこ》はかがみ込《こ》んで化《ば》け物《もの》の手《て》から逃《のが》れると、「あぁ……助《たす》けて！」と、叫《さけ》んでこちらへ走《はし》ってきた。

私《わたし》は手《て》を伸《の》ばして貴子《たかこ》の手《て》をつかんだ。

そして思《おも》いっきり両足《りょうあし》に力《ちから》を込《こ》めて走《はし》り出《だ》す。

出口《でぐち》はすぐそば。

だけど化《ば》け物《もの》も貴子《たかこ》を捕《つか》まえるために追《お》いかけてくる。

何度《なんど》も足《あし》を絡《から》ませそうになりながらも必死《ひっし》で出口《でぐち》から外《そと》へと飛《と》び出した。

扉《とびら》の前《まえ》で待《ま》ってくれていた拓也《たくや》が、私《わたし》たちが出《で》た瞬間《しゅんかん》、扉《とびら》を閉《し》めた。

「他《ほか》のみんなは多目的《たもくてき》トイレに隠《かく》れた！　早《はや》く行《い》こう！」

扉《とびら》の隙間《すきま》から化《ば》け物《もの》の指先《ゆびさき》がにゅうっと出《で》てくるのが見《み》えて、私《わたし》たちは走《はし》る速度《そくど》を上《あ》げた。

多目的《たもくてき》トイレのドアを内側《うちがわ》から開《あ》けてもらって滑《すべ》り込《こ》んだとき、化《ば》け物《もの》が追《お》いかけてくる足《あし》音《おと》が近《ちか》づいてきた。

「早《はや》くドアを閉《し》めて！」

閉《し》めるボタンを何度《なんど》も押《お》すが、そのスピードはやけに遅《おそ》く感《かん》じられる。

その間《あいだ》に化《ば》け物《もの》が多目的《たもくてき》トイレの前《まえ》に到着《とうちゃく》していた。

化《ば》け物《もの》が「ぐおぉぉぉ！」と大《おお》きな咆哮《ほうこう》を上《あ》げたのと同時《どうじ》に、ギリギリのタイミングでドアが閉《し》まったのだった。

心臓《しんぞう》が口《くち》から飛《と》び出《だ》してしまいそうなほど速《はや》く脈打《みゃくう》っている。

せまい多目的《たもくてき》トイレ内《ない》に五人《ごにん》がぎゅうぎゅうになって入《はい》っているというのに、全身《ぜんしん》から冷《ひ》や汗《あせ》が流《なが》れていた。

「い、今《いま》のはなに？」

美恵《みえ》が珍《めずら》しく声《こえ》を震《ふる》わせた。

「見《み》ただろ。スクリーンから飛《と》び出《だ》してきやがった！」

「そんなこと、起《お》こるわけがないのに……」

拓也《たくや》は青《あお》ざめた顔《かお》で考《かんが》え込《こ》んでしまった。

前《まえ》にテレビ番組《ばんぐみ》のドッキリ企画《きかく》で似《に》たようなものを見《み》たことがある。

だけど誰《だれ》かが私《わたし》たちにこんな大掛《おおが》かりなドッキリを仕掛《しか》けるとは思《おも》えない。

「もしかしてあの男性《だんせい》はこうなることがわかってたんじゃないかな？　それで、私《わたし》たちを呼《よ》び止《と》めたんじゃない？」

そうとしか考《かんが》えられなかった。

外《そと》に出《で》られないし連絡《れんらく》も取《と》れない。

私《わたし》たちは化《ば》け物《もの》の餌食《えじき》にされるために、ここに呼《よ》び込《こ》まれたんだ。

「どうしてウチらが選《えら》ばれたの？」

「わからないけど、もしかしたら誰《だれ》でもよかったのかも」

偶然《ぐうぜん》通《とお》りかかったのが、運《うん》の尽《つ》きだ。

「あの化《ば》け物《もの》は本物《ほんもの》でしたよね？」

貴子《たかこ》が確認《かくにん》するように質問《しつもん》してきた。

最近《さいきん》では3D《スリーディー》や4D《フォーディー》でよりリアルに映画《えいが》を楽《たの》しめるようになったけれど、化《ば》け物《もの》がスクリーンを突《つ》き破《やぶ》ってトイレまで追《お》いかけてくる話《はなし》は聞《き》いたことがない。

「本物《ほんもの》だったよ。あれが偽物《にせもの》だなんて考《かんが》えられない」

私《わたし》は答《こた》えた。

「じゃ、じゃあ、あの化《ば》け物《もの》を誰《だれ》かが作《つく》ったってことですか？　どうしてあれを持《も》ってたんですか？」

あれとは、チェンソーのことだろうか？

貴子《たかこ》はそうとう焦《あせ》っているようで、言《い》っていることの意味《いみ》が判然《はんぜん》としなくて、質問《しつもん》には答《こた》えられなかった。

「もしかしたら戦争《せんそう》に使《つか》う兵器《へいき》かもしれねぇな。力《ちから》を試《ため》すために俺《おれ》たちがここに閉《と》じ込《こ》められたとか」

「化《ば》け物《もの》が戦争《せんそう》の兵器《へいき》だなんて、今《いま》の時代《じだい》にある？」

「じゃあなんだと思《おも》うんだよ」

また、有《ゆう》と美恵《みえ》が険悪《けんあく》なムードになってきた。

「こんなせまい空間《くうかん》で喧嘩《けんか》なんてしないでよ」

言《い》い争《あらそ》いが始《はじ》まる前《まえ》に指摘《してき》すると、ふたりともムッとした表情《ひょうじょう》で黙《だま》り込《こ》んでしまった。

拓也《たくや》はトイレのドアに耳《みみ》を押《お》し当《あ》てて外《そと》の音《おと》を確認《かくにん》している。

「今《いま》は静《しず》かだな。どこかに行《い》ったのかもしれない」

「本当《ほんとう》に？」

あの化《ば》け物《もの》がいなくならなければトイレから出《で》ることもできない。

「少《すこ》しだけ開《あ》けてみるか」

有《ゆう》が後《うし》ろから声《こえ》をかけてきた。

普通《ふつう》のトイレみたいに隙間《すきま》を開《あ》けることができればいいけれど、ここの多目的《たもくてき》トイレは簡単《かんたん》に開閉《かいへい》できるようにボタンタイプになっている。

そのため少《すこ》しだけ開《あ》けて外《そと》を確認《かくにん》することができないのだ。

「もし目《め》の前《まえ》に化《ば》け物《もの》がいたら確実《かくじつ》に攻撃《こうげき》されるよ」

振《ふ》り向《む》いて答《こた》えると有《ゆう》が舌打《したう》ちをした。

「ずっとここにいるつもりか!?」

「怒鳴《どな》らないでよ。みんな混乱《こんらん》してるんだから」

イライラしている有《ゆう》から視線《しせん》を外《はず》して、拓也《たくや》と同《おな》じようにドアに耳《みみ》を近《ちか》づける。

外《そと》からは何《なに》も聞《き》こえてこない。

「一瞬《いっしゅん》だけ開《あ》けてみよう」

拓也《たくや》が内側《うちがわ》についている開閉《かいへい》ボタンに手《て》をやる。

そして一旦《いったん》振《ふ》り向《む》いて全員《ぜんいん》の意思《いし》を確認《かくにん》した。みんな異論《いろん》はなさそうだ。

「よし、開《あ》けるぞ」

ボタンを押《お》すと目《め》の前《まえ》のドアがゆっくりと開《ひら》いていく。

それはじれるような速度《そくど》で、余計《よけい》に緊張感《きんちょうかん》が増《ま》してくる。

隙間《すきま》からホールの様子《ようす》を確認《かくにん》してみると、離《はな》れた場所《ばしょ》に化《ば》け物《もの》がいるのがわかった。

音《おと》がしなかったのはトイレから距離《きょり》が離《はな》れていたからだったんだ！

「早《はや》く閉《し》めて！」

化《ば》け物《もの》が気《き》がつく前《まえ》にと、また開閉《かいへい》ボタンを押《お》す。

ドアが閉《し》まりきる寸前《すんぜん》に化《ば》け物《もの》がこちらに気《き》がついて走《はし》ってくるのが見《み》えた。

「グオオオオ！」

「イヤッ」

咄嗟《とっさ》にドアから離《はな》れるが、どうにかドアが閉《し》まりきった。

「なによあれ！　まるでウチらのこと見張《みは》ってるみたいじゃん！」

美恵《みえ》が泣《な》きそうな声《こえ》を上《あ》げる。

「……今《いま》、化《ば》け物《もの》が変《へん》なものを持《も》ってるのを見《み》た」

ポツリと拓也《たくや》がつぶやいた。

「変《へん》なもの？」

首《くび》をかしげて聞《き》き返《かえ》す。

私《わたし》も化《ば》け物《もの》の姿《すがた》を見《み》たけれど、何《なに》も気《き》がつかなかった。

「化《ば》け物《もの》の腰《こし》あたりにうさぎのぬいぐるみがついてた」

「そんなもんついてるわけねぇだろ！　相手《あいて》は化《ば》け物《もの》だぞ！」

「いや、見《み》たんだ。間違《まちが》いない」

拓也《たくや》は有《ゆう》の言葉《ことば》を強《つよ》い口調《くちょう》でさえぎり、言《い》い切《き》った。

「なにそれ、うさぎのぬいぐるみなんてあの映画《えいが》の化《ば》け物《もの》が持《も》ってたっけ？」

美恵《みえ》も首《くび》をかしげる。

それに対《たい》して拓也《たくや》がすぐに首《くび》を左右《さゆう》に振《ふ》った。

「そんなものは持《も》ってなかったはずだ」

「じゃあどうしてあの化《ば》け物《もの》は持《も》ってるの？」

そう質問《しつもん》したときだった。

さっきから貴子《たかこ》が無言《むごん》でうつむいていることに気《き》がついた。

その顔《かお》を覗《のぞ》き込《こ》んでみると、青《あお》ざめて震《ふる》えている。

「貴子《たかこ》、大丈夫《だいじょうぶ》？」

てっきり恐怖《きょうふ》で限界《げんかい》が来《き》ているのかと思《おも》ったけれど、ついさっき妙《みょう》なことを口走《くちばし》っていたことを思《おも》い出《だ》した。

『どうしてあれを持《も》ってたんですか？』

化《ば》け物《もの》が持《も》っているチェンソーのことを言《い》っているんだと思《おも》ったけれど、それにしては言《い》い方《かた》がおかしいと感《かん》じた。

チェンソーならはっきりとそう言《い》えばよかったのに言《い》わなかったのは、別《べつ》のものが見《み》えていたからだ。

「貴子《たかこ》、もしかして最初《さいしょ》から化《ば》け物《もの》がぬいぐるみを持《も》っていることに気《き》がついてたの？」

スクリーン1で化《ば》け物《もの》と一番接近《いちばんせっきん》したのは貴子《たかこ》だ。

だから、化《ば》け物《もの》の腰《こし》にぬいぐるみがついていたのを見《み》ていてもおかしくない。

貴子《たかこ》が「私《わたし》……私《わたし》……」と、つぶやいた。

「落《お》ち着《つ》いて貴子《たかこ》。何《なに》があったの？」

煮《に》え切《き》らない態度《たいど》の貴子《たかこ》に先《さき》を促《うなが》すと「見《み》たことがあるものかもしれません」と続《つづ》けた。

「え？　それってどういう意味《いみ》？」

聞《き》いたのは美恵《みえ》だ。

「うさぎのぬいぐるみには頭《あたま》にストラップがついてて、昔《むかし》カバンにつけてたんです」

「それって、化《ば》け物《もの》が持《も》っていたぬいぐるみは貴子《たかこ》が持《も》ってたぬいぐるみだったってこと？」

「おそらく……」

うなずく貴子《たかこ》に有《ゆう》の顔色《かおいろ》が変《か》わった。

疑《うたが》わしそうな表情《ひょうじょう》を貴子《たかこ》へ向《む》ける。

「なんだよそれ、なんでそれを黙《だま》ってたんだよ！」

「だ、だってちょっと見《み》えただけだし、本当《ほんとう》に私《わたし》の持《も》っていたぬいぐるみかもわからなかったんです！」

必死《ひっし》になればなるほど言《い》いわけのように聞《き》こえる。

「だとしてもこの状況《じょうきょう》でよく黙《だま》ってたよね？」

美恵《みえ》が目《め》をつり上《あ》げて貴子《たかこ》を見《み》つめた。

「ご、ごめんなさい！　でも悪気《わるぎ》はなかったんです。私《わたし》も、混乱《こんらん》してて、それで……」

「信《しん》じられねぇな。お前《まえ》はあの男《おとこ》と共犯《きょうはん》ってことじゃねぇのか？」

「きょ、共犯《きょうはん》って、どうして!?」

貴子《たかこ》が慌《あわ》てる。

「だって、化《ば》け物《もの》はお前《まえ》の私物《しぶつ》を持《も》ってたんだろ？　お前《まえ》があの男《おとこ》とグルで、俺《おれ》たちをここにおびき寄《よ》せたんじゃねぇのか!?」

質問《しつもん》というよりは、そう断定《だんてい》しているような言《い》い方《かた》だった。

「そ、そんなことしません！」

ブンブンと左右《さゆう》に首《くび》を振《ふ》って否定《ひてい》する貴子《たかこ》だが、黙《だま》っていたせいで信用《しんよう》はガタ落《お》ちだ。

「じゃあなんで貴子《たかこ》の持《も》ち物《もの》をあの化《ば》け物《もの》が持《も》ってたの？」

「そんなのわかんないですよ！」

美恵《みえ》にまで追及《ついきゅう》されて貴子《たかこ》の目《め》には涙《なみだ》が浮《う》かぶ。

「貴子《たかこ》が共犯《きょうはん》じゃないとしても、何《なに》か理由《りゆう》はありそうだよな」

冷静《れいせい》に言《い》ったのは拓也《たくや》だ。

「全《まった》くの無関係《むかんけい》なら、貴子《たかこ》の持《も》ち物《もの》をあの化《ば》け物《もの》が持《も》っているはずがない。貴子《たかこ》、何《なに》か思《おも》い当《あ》たることはないか？」

拓也《たくや》の言葉《ことば》に貴子《たかこ》はしばらく考《かんが》え込《こ》んでいたけれど、ゆっくりと首《くび》を左右《さゆう》に振《ふ》った。

「わかりません。怖《こわ》い映画《えいが》は苦手《にがて》だからあの化《ば》け物《もの》のことも知《し》らなかったので」

「そうだよね。私《わたし》は貴子《たかこ》を信《しん》じるよ」

小刻《こきざ》みに震《ふる》えている貴子《たかこ》の手《て》を握《にぎ》りしめて言《い》った。

五人《ごにん》の中《なか》でずっと怯《おび》えている貴子《たかこ》がこんなことに関《かか》わっているなんて思《おも》えなかった。

それならもっとホラー映画《えいが》に詳《くわ》しい人《ひと》が絡《から》んでいた方《ほう》が自然《しぜん》だ。

拓也《たくや》とか有《ゆう》みたいな、別《べつ》の誰《だれ》かが。

その瞬間《しゅんかん》、昔《むかし》そんな子《こ》がいたような……と頭《あたま》がチリリと痛《いた》んだ気《き》がした。

だけどそれはすぐに消《き》えていく。

「ふんっ。そんなこと言《い》ってたらいつまで経《た》ってもここから出《で》られねぇぞ」

「そんなこと言《い》っても仕方《しかた》ないでしょう？」

私《わたし》は有《ゆう》に反論《はんろん》してからスマホを取《と》り出《だ》した。

電波《でんぱ》がないかと探《さが》してみるけれど、やっぱり圏外《けんがい》のまま変《か》わりはない。

トイレの中《なか》にずっといるわけにもいかないし、何《なに》か手《て》を打《う》たなきゃいけないけど……

と、そのときだった。

有《ゆう》がトイレのドアの開《ひら》くボタンを押《お》したのだ。

ドアがスッと横《よこ》にスライドする。

「ちょっと、なにしてんの！」

美恵《みえ》が叫《さけ》ぶのと、有《ゆう》が貴子《たかこ》を外《そと》へ突《つ》き飛《と》ばすのはほぼ同時《どうじ》だった。

「あっ……」

押《お》された貴子《たかこ》がフラリと外《そと》へ踏《ふ》み出《だ》した途端《とたん》、隠《かく》れていた化《ば》け物《もの》が飛《と》び出《だ》してきた。

化《ば》け物《もの》が一気《いっき》に貴子《たかこ》との距離《きょり》を縮《ちぢ》める。

「イヤアア！」

貴子《たかこ》が悲鳴《ひめい》を上《あ》げてその場《ば》にうずくまる。

「グオォォォォ！」

化《ば》け物《もの》が貴子《たかこ》へ手《て》を伸《の》ばしたとき、その腰《こし》にうさぎのぬいぐるみがぶら下《さ》がっているのが見《み》えた。

あれが貴子《たかこ》の持《も》ち物《もの》？

「誰《だれ》か助《たす》けて！　助《たす》けてください！」

うずくまったままの貴子《たかこ》がこちらへ向《む》けて手《て》を伸《の》ばす。

化《ば》け物《もの》の手《て》が貴子《たかこ》の首《くび》をつかむその寸前《すんぜん》だった。腰《こし》についていたぬいぐるみのストラップがちぎれてうさぎが床《ゆか》に落下《らっか》したのだ。

うさぎは音《おと》も立《た》てずに一度《いちど》バウンドして床《ゆか》に落《お》ちた。

うずくまっていた貴子《たかこ》がそれに気《き》がついて視線《しせん》を向《む》ける。

「え……？」

私《わたし》はぬいぐるみが腰《こし》から落《お》ちたとき、化《ば》け物《もの》の動《うご》きが止《と》まったのを見《み》た。

化《ば》け物《もの》は貴子《たかこ》へ右手《みぎて》を近《ちか》づけたままで動《うご》かない。

もう少《すこ》しで貴子《たかこ》を捕《つか》まえられそうだった指先《ゆびさき》が、ボロボロと崩《くず》れて灰《はい》になっていく。

「ば、化《ば》け物《もの》が消《き》えていく！」

美恵《みえ》が叫《さけ》ぶ。

化《ば》け物《もの》は指先《ゆびさき》からみるみるうちに灰《はい》になり、その灰《はい》は床《ゆか》に落《お》ちる前《まえ》に消《き》えていってしまった。

化《ば》け物《もの》の姿《すがた》が完全《かんぜん》に消《き》えたとき、ようやく貴子《たかこ》が顔《かお》を上《あ》げた。

その顔《かお》はひきつっていて、頬《ほほ》には涙《なみだ》の跡《あと》がついている。

「貴子《たかこ》！」

私《わたし》はトイレから飛《と》び出《だ》して貴子《たかこ》へ駆《か》け寄《よ》った。

「大丈夫《だいじょうぶ》？」

「は、はい」

震《ふる》えているけれど怪我《けが》はなさそうで安心《あんしん》する。

貴子《たかこ》は座《すわ》り込《こ》んだまま手《て》を伸《の》ばしてうさぎのぬいぐるみを握《にぎ》りしめた。

「なんで、これがここに？」

ぬいぐるみをひっくり返《かえ》してみると、背中《せなか》には『TAKAKO《たかこ》』とマジックで書《か》かれていて、その文字《もじ》は消《き》えかかっている。

「これ、間違《まちが》いなく貴子《たかこ》のものなんだね？」

「はい。これ、子供《こども》の頃《ころ》にローマ字《じ》を習《なら》って自《じ》

分《ぶん》で書《か》いたんです」

「そっか……」

違《ちが》うぬいぐるみなら貴子《たかこ》のサインが入《はい》っているわけがない。

「でも、このぬいぐるみは確《たし》か……」

貴子《たかこ》が何《なに》か思《おも》い出《だ》したようにつぶやいたとき、「おい、今《いま》のうちに逃《に》げるぞ！」と、有《ゆう》が声《こえ》をかけてきた。

私《わたし》は貴子《たかこ》をかばいながら有《ゆう》を睨《にら》みつけた。

「貴子《たかこ》を化《ば》け物《もの》の前《まえ》に突《つ》き飛《と》ばしておいて、謝《あやま》りもしないの!?」

貴子《たかこ》があの化《ば》け物《もの》に捕《つか》まっていたら、映画《えいが》と同《おな》じように巣《す》に持《も》ち帰《かえ》られてチェンソーで殺《ころ》されていたかもしれない！

そう思《おも》うと頭《あたま》にカッと血《ち》が上《のぼ》っていく。

「なんだよ。じゃあ、どうすりゃよかったんだよ！　あのままじゃ全員《ぜんいん》トイレの中《なか》で野垂《のた》れ死《じ》にするところだったんだぞ！」

「だからってひどいよ！」

こうして貴子《たかこ》が生《い》きているからよかったものの、仲間《なかま》を見殺《みごろ》しにして助《たす》かるなんて絶対《ぜったい》に嫌《いや》だ。

「だけどぬいぐるみが貴子《たかこ》のものだったことは確《たし》かじゃん？　それで有《ゆう》だけ責《せ》めるのは違《ちが》うと思《おも》うけど？」

腕組《うでぐ》みをして言《い》ったのは美恵《みえ》だ。

美恵《みえ》の言葉《ことば》に私《わたし》は目《め》を丸《まる》くする。

「だからって共犯《きょうはん》だって決《き》めつけたり化《ば》け物《もの》の前《まえ》に突《つ》き飛《と》ばしたりしていいと思《おも》う!?」

「それはやりすぎだと思《おも》うよ？　でもウチだって死《し》にたくないから、最後《さいご》には結局同《けっきょくおな》じことをしたと思《おも》う」

その言葉《ことば》にがく然《ぜん》としてしまう。

美恵《みえ》は有《ゆう》のやり方《かた》に賛成《さんせい》しているのだ。

貴子《たかこ》があんな危険《きけん》な目《め》にあったのに！

「でもっ……」

まだ言《い》い返《かえ》そうとする私《わたし》の腕《うで》を貴子《たかこ》が引《ひ》っ張《ぱ》った。

振《ふ》り向《む》くと貴子《たかこ》がうつむき加減《かげん》で左右《さゆう》に首《くび》を振《ふ》る。

「こんなときに喧嘩《けんか》しないでください。怖《こわ》かったし、死《し》ぬかもと思《おも》ったけれど、とりあえず生《い》きていたので……」

「ふんっ」

まだ何《なに》か言《い》いたそうに鼻《はな》を鳴《な》らす有《ゆう》の肩《かた》を拓也《たくや》が叩《たた》いた。

「みんなそのくらいでやめとこう。化《ば》け物《もの》はいなくなったんだし、逃《に》げ道《みち》を探《さが》さないといけない。それに、今《いま》のはさすがにやりすぎだったと俺《おれ》も思《おも》う」

「チッ」

有《ゆう》は舌打《したう》ちだけを返《かえ》してそのまま移動《いどう》しようとしたけれど、拓也《たくや》がそれを止《と》めた。

「逃《に》げ道《みち》を探《さが》す前《まえ》に有《ゆう》は貴子《たかこ》に謝《あやま》るべきだ」

「はぁ!? なんで俺《おれ》が!」

「いい加減《かげん》にしろ」

拓也《たくや》に鋭《するど》い視線《しせん》を向《む》けられた有《ゆう》は再《ふたた》び軽《かる》く舌打《したう》ちをして貴子《たかこ》へ向《む》き直《なお》った。

「わかったよ。悪《わる》かった」

☆☆☆

それから私《わたし》たちはまた出口《でぐち》を探《さが》し始《はじ》めた。

「ダメ、まだ開《あ》かない！」

一番先《いちばんさき》に出口《でぐち》へたどり着《つ》いた美恵《みえ》が開《あ》かないことを伝《つた》えた。

「もうかまっていられねぇ！」

化《ば》け物《もの》と遭遇《そうぐう》して命《いのち》の危険《きけん》を感《かん》じた有《ゆう》は、カウンター内《ない》に残《のこ》されていた丸椅子《まるいす》を持《も》ってきた。

そしてそれをガラス張《ば》りの壁《かべ》に向《む》けて振《ふ》り下《お》ろす。

ガツンッ！　と大《おお》きな音《おと》がしたものの、ガラスにはヒビも入《はい》らない。

「もしかして防弾《ぼうだん》ガラスなんじゃないか？」

拓也《たくや》がそう言《い》いながらも同《おな》じ椅子《いす》を持《も》ってきて、ガラスを割《わ》ろうとしている。

ガツンガツンと激《はげ》しい音《おと》が響《ひび》くばかりで、ガラスは無傷《むきず》のままだ。

「くそっ。ダメか」

いくらガラスを割《わ》ろうとしてもびくともしないし、外《そと》の通行人《つうこうにん》たちはこちらを気《き》にも止《と》めない。

絶望的《ぜつぼうてき》な気分《きぶん》になったとき、上映室《じょうえいしつ》から音《おと》が聞《き》こえてくることに気《き》がついた。

「あの映画《えいが》がまだ流《なが》れてるのかな？」

つぶやき、私《わたし》はスクリーン1へと向《む》かう。

けれど扉《とびら》は閉《し》まっていて、音《おと》が漏《も》れ出《で》てきている様子《ようす》はない。

試《ため》しに扉《とびら》に手《て》をかけてみるけれど、扉《とびら》はしっかりと施錠《せじょう》されているようで開《ひら》かなかった。

「さっきまで開《あ》いてたのに……」

「誰《だれ》かが鍵《かぎ》をかけたんだな」

その声《こえ》に振《ふ》り向《む》くと拓也《たくや》がついてきていた。

後《うし》ろには有《ゆう》と美恵《みえ》と貴子《たかこ》の姿《すがた》もある。

「鍵《かぎ》をかけたってことは、まだ映画館《えいがかん》内《ない》にあの男《おとこ》がいるってことだな」

有《ゆう》が両手《りょうて》の指《ゆび》をバキバキと鳴《な》らす。

今《いま》、有《ゆう》があの男性《だんせい》に会《あ》えばすぐに手《て》を出《だ》してしまいそうだ。

「それよりもこっちだ、スクリーン2の扉《とびら》が開《ひら》いてる」

拓也《たくや》が漏《も》れ聞《き》こえてくる音《おと》を頼《たよ》りに隣《となり》の上映室《じょうえいしつ》の前《まえ》まで移動《いどう》し、扉《とびら》を少《すこ》し開《あ》けて言《い》った。

そこはさっきまで鍵《かぎ》がかかっていて入《はい》れなかったはずだ。

「映画《えいが》が流《なが》れてる」

美恵《みえ》が扉《とびら》の隙間《すきま》から中《なか》を覗《のぞ》き込《こ》む。

上映《じょうえい》されているのは五年《ごねん》くらい前《まえ》に流行《はや》ったホラー映画《えいが》のようだ。

画面上《がめんじょう》では女《おんな》の幽霊《ゆうれい》が主人公《しゅじんこう》を脅《おど》かしている。

「またホラー映画《えいが》なんですか？」

貴子《たかこ》が不安《ふあん》そうな声《こえ》を上《あ》げた。

「今度《こんど》こそあの男《おとこ》の仕業《しわざ》に決《き》まってる！　俺《おれ》が捕《つか》まえてやる！」

有《ゆう》がスクリーン２の映写室《えいしゃしつ》へと向《む》かうために勢《いきお》いよく中《なか》へ入《はい》っていく。

私《わたし》たちもその勢《いきお》いにつられるように上映室《じょうえいしつ》に入《はい》っていった。

映画館特有《えいがかんとくゆう》の薄暗《うすぐら》さ、風《かぜ》はないはずなのに足元《あしもと》に流《なが》れてくる冷気《れいき》にゾクリと体《からだ》が震《ふる》える。

有《ゆう》はそんなものお構《かま》いなしで映写室《えいしゃしつ》へと踏《ふ》み込《こ》んだ。

「ちょっと待《ま》て有《ゆう》！　早《はや》まるな！」

拓也《たくや》が慌《あわ》てて有《ゆう》の後《あと》を追《お》いかけたが、ふたりはすぐに戻《もど》ってきた。

「どうかしたの？」

聞《き》くと拓也《たくや》が左右《さゆう》に首《くび》を振《ふ》って「中《なか》には誰《だれ》もいなかった。映画《えいが》をスタートさせた後《あと》、すぐに部屋《へや》を出《で》たんだと思《おも》う」と、答《こた》えた。

「くそっ。俺《おれ》たちのことをバカにしてるんだ」

有《ゆう》が悪態《あくたい》をついて椅子《いす》にドカッと座《すわ》り込《こ》んだ。

それを見《み》て私《わたし》も全身《ぜんしん》から力《ちから》が抜《ぬ》けていくのを感《かん》じて、椅子《いす》に座《すわ》り込《こ》んでしまった。

スクリーン上《じょう》ではホラー映画《えいが》が流《なが》れているけれど、気《き》にする気持《きも》ちにもなれない。

さっきまでの疲《つか》れがどっと押《お》し寄《よ》せてきて体《からだ》が重《おも》たい。

「彩香《あやか》、大丈夫《だいじょうぶ》か？」

拓也《たくや》が心配《しんぱい》そうに声《こえ》をかけてくれたから、どうにか笑顔《えがお》になることができた。

「大丈夫《だいじょうぶ》だよ。でも、外《そと》に出《で》られないのは困《こま》るよね」

外《そと》に出《で》なければ警察《けいさつ》に届《とど》け出《で》ることもできない。

「はぁ、もう何《なに》がなんだかさっぱりわからない」

美恵《みえ》が大《おお》きく息《いき》を吐《は》き出《だ》したとき、バタンと音《おと》がして扉《とびら》が閉《し》まった。

「ちょっと、今度《こんど》はなに!?」

「勝手《かって》に扉《とびら》が閉《し》まった？」

「そんなわけねぇだろ。あのヤロー外《そと》にいやがったんだ！」

美恵《みえ》と私《わたし》と有《ゆう》の声《こえ》が交《ま》ざり合《あ》う。

拓也《たくや》が扉《とびら》を開《ひら》こうとするけれど、すでに鍵《かぎ》がかけられているようで開《ひら》かない。

「今度《こんど》は上映室《じょうえいしつ》に閉《と》じ込《こ》められちゃったんですか？」

貴子《たかこ》の泣《な》き声《ごえ》が響《ひび》く。

「さっきから泣《な》いてばかりいるんじゃねぇよ！　ちょっとは考《かんが》えろよ！」

貴子《たかこ》の泣《な》き声《ごえ》が気《き》に障《さわ》ったのか有《ゆう》が怒《いか》りを向《む》ける。

「やめなよ有《ゆう》。貴子《たかこ》だって怖《こわ》いんだよ」

止《と》めに入《はい》ると有《ゆう》は激《はげ》しく舌打《したう》ちをしてそっぽを向《む》いてしまった。

私《わたし》は貴子《たかこ》の背中《せなか》を優《やさ》しくなでる。

「大丈夫《だいじょうぶ》だよ貴子《たかこ》。絶対《ぜったい》に外《そと》に出《で》られるから」

確証《かくしょう》はどこにもなかったけれど、そう言《い》わないと自分《じぶん》もおかしくなってしまいそうだった。

もし再《ふた》び、あの化《ば》け物《もの》が出現《しゅつげん》したらどうしようと、さっきから嫌《いや》な考《かんが》えばかりが浮《う》かんできている。

「見《み》て！　また映像《えいぞう》がおかしいんだけど！」

気《き》がついたのは美恵《みえ》だった。

スクリーンの中《なか》の役者《やくしゃ》が全員静止《ぜんいんせいし》している中《なか》、女《おんな》の幽霊《ゆうれい》だけがゆっくりこちらへ近《ちか》づいてきているように見《み》える。

「こんなシーンあったっけ？」

有名《ゆうめい》な映画《えいが》だから見《み》たことがあるけれど、このシーンは記憶《きおく》になかった。

「いや、ないな」

即答《そくとう》したのはホラー映画《えいが》に詳《くわ》しい有《ゆう》だ。

「他《ほか》の役者《やくしゃ》が全員《ぜんいん》止《と》まって、幽霊《ゆうれい》だけ動《うご》くシーンなんてなかった！」

叫《さけ》ぶと同時《どうじ》に有《ゆう》が席《せき》を立《た》ち、出口《でぐち》へ向《む》かって走《はし》った。

だけど出口《でぐち》は何者《なにもの》かによって施錠《せじょう》されていて、扉《とびら》は開《ひら》かない。

そうこうしている間《あいだ》に幽霊《ゆうれい》の姿《すがた》がスクリーンいっぱいに大写《おおうつ》しになった。

私《わたし》は椅子《いす》から立《た》ち上《あ》がり、貴子《たかこ》と共《とも》に椅子《いす》の間《あいだ》にある通路《つうろ》へと飛《と》び出《だ》す。

と、次《つぎ》の瞬間《しゅんかん》バリ！　とスクリーンが破《やぶ》れる音《おと》が響《ひび》いていた。

「キャアア!!」

貴子《たかこ》の甲高《かんだか》い悲鳴《ひめい》と「逃《に》げろ！」と叫《さけ》ぶ拓也《たくや》の声《こえ》。

上映室《じょうえいしつ》はあっという間《ま》にパニックに陥《おちい》った。

しっかりと握《にぎ》っていたはずの貴子《たかこ》の手《て》はいつの間《ま》にか離《はな》れていて、私《わたし》たちは別々《べつべつ》の通路《つうろ》を逃《に》げていた。

美恵《みえ》が非常出口《ひじょうでぐち》のドアを必死《ひっし》で開《あ》けようとしている。

拓也《たくや》が目《め》の前《まえ》を横切《よこぎ》って逃《に》げていく。

私《わたし》も早《はや》くどこかへ逃《に》げなくちゃ！

そう思《おも》えば思《おも》うほど焦《あせ》って、体《からだ》が思《おも》うように動《うご》かなくなった。

ヒヤリとした空気《くうき》を背後《はいご》に感《かん》じて振《ふ》り向《む》くと、そこにはスクリーンから出《で》てきた女《おんな》の幽霊《ゆうれい》の姿《すがた》が。

「あぁっ！」

後退《あとずさ》りした瞬間《しゅんかん》に足《あし》が絡《から》まってこけてしまった。

すぐに立《た》ち上《あ》がろうとするが、女《おんな》の幽霊《ゆうれい》が馬乗《うまの》りになり両手《りょうて》を伸《の》ばしてきて私《わたし》の首《くび》をつかんだ。

氷《こおり》のように冷《つめ》たい手《て》に息《いき》が止《と》まる。

「助《たす》けて‼」

首《くび》を絞《し》められる直前《ちょくぜん》に叫《さけ》び声《ごえ》を上《あ》げたけれど、すぐに力《ちから》を込《こ》められて気道《きどう》を塞《ふさ》がれた。

「うっ……うぅ」

ジタバタと両足《りょうあし》で床《ゆか》を蹴《け》って抵抗《ていこう》するが、幽霊《ゆうれい》の力《ちから》は信《しん》じられないほど強《つよ》くてどうにもなら

ない。

女《おんな》が私《わたし》の顔《かお》を覗《のぞ》き込《こ》んだとき冷気《れいき》が顔《かお》にかかって、生気《せいき》が奪《うば》われていくのを感《かん》じた。

ダメ。

意識《いしき》が遠《とお》のきそう……

視界《しかい》がかすんできたそのときだった。

「うおりゃああ!!」

そんな声《こえ》が聞《き》こえてきたかと思《おも》うと、拓也《たくや》が幽霊《ゆうれい》を背後《はいご》から蹴飛《けと》ばしていた。

幽霊《ゆうれい》の手《て》が離《はな》れた瞬間《しゅんかん》、空気《くうき》が肺《はい》に流《なが》れ込《こ》んでくる。

「ごほっごほっ」

何度《なんど》も咳《せ》き込《こ》み涙《なみだ》が滲《にじ》んでくるが、横《よこ》に転《ころ》がってその場《ば》から離《はな》れた。

苦《くる》しさに深呼吸《しんこきゅう》を繰《く》り返《かえ》していると、どうにか落《お》ち着《つ》きを取《と》り戻《もど》すことができた。

立《た》ち上《あ》がって確認《かくにん》してみたところ拓也《たくや》が幽霊《ゆうれい》に攻撃《こうげき》を加えている。

「あいつは人間《にんげん》に触《ふ》れることができた。こっちからの物理攻撃《ぶつりこうげき》も通用《つうよう》するみてぇだな」

少《すこ》し離《はな》れた場所《ばしょ》で有《ゆう》がつぶやく。

だけど幽霊《ゆうれい》の力《ちから》は底知《そこし》れないし、体力《たいりょく》にも限界《げんかい》はないかもしれない。

人間対幽霊《にんげんたいゆうれい》じゃ、勝《か》ち目《め》がない。

「幽霊《ゆうれい》の弱点《じゃくてん》、何《なに》かない？」

ホラー映画《えいが》が得意《とくい》な有《ゆう》へ質問《しつもん》するが、有《ゆう》は難《むずか》しそうな顔《かお》をして腕組《うでぐ》みをした。

「確《たし》かこの幽霊《ゆうれい》は額《ひたい》に御札《おふだ》を貼《は》られることでおとなしくなったはずだ。でも、御札《おふだ》なんてどこにもねぇだろ」

試《ため》しにスクリーン周辺《しゅうへん》を探《さが》してみたけれど、役立《やくだ》ちそうなアイテムは何《なに》も見《み》つけられなかった。

映画《えいが》の中《なか》から出《で》てきたのは、あの幽霊《ゆうれい》のみだ。

「それならもっと攻撃《こうげき》して、どうにか撃退《げきたい》するしかない！」

怖《こわ》くて逃《に》げ出《だ》したい気持《きも》ちもあるけれど、私《わたし》を助《たす》けてくれた拓也《たくや》をほうってはおけない。

私《わたし》は幽霊《ゆうれい》の後《うし》ろに回《まわ》り込《こ》んでその背中《せなか》を思《おも》いっきり殴《なぐ》りつけた。

だけど幽霊《ゆうれい》は少《すこ》し体《からだ》のバランスを崩《くず》すだけで、倒《たお》れ込《こ》んだりしなかった。

「そんなことして本当《ほんとう》に効果《こうか》あんの!?」

美恵《みえ》が叫《さけ》ぶ。

でもここで手《て》を止《と》めれば幽霊《ゆうれい》からの攻撃《こうげき》が激化《げきか》してしまう。

どうすればこの幽霊《ゆうれい》を撃退《げきたい》することができるの……？

「待《ま》て！　この幽霊《ゆうれい》にも変《へん》なところがある！」

前《まえ》から攻撃《こうげき》を続《つづ》けていた拓也《たくや》が何《なに》かに気《き》がついた。

「この幽霊《ゆうれい》、服《ふく》に黄色《きいろ》い星型《ほしがた》のバッジをつけてるぞ！」

「星型《ほしがた》のバッジ？」

人《ひと》を呪《のろ》い殺《ころ》す幽霊《ゆうれい》には似合《にあ》わないアイテムだ。

まさかまた貴子《たかこ》の持《も》ち物《もの》だろうか？

「貴子《たかこ》、覚《おぼ》えはある？」

振《ふ》り向《む》いて質問《しつもん》すると、貴子《たかこ》は首《くび》を左右《さゆう》に振《ふ》った。

代《か》わりに青《あお》ざめたのは有《ゆう》だ。

「黄色《きいろ》い、星型《ほしがた》のバッジ？」

と、口《くち》の中《なか》でつぶやいている。

「あんた、何《なに》か覚《おぼ》えがあんの!?」

すぐに美恵《みえ》が詰《つ》め寄《よ》ると、有《ゆう》が下唇《したくちびる》を噛《か》み締《し》めて黙《だま》り込《こ》んでしまった。

明《あき》らかに動揺《どうよう》していて視線《しせん》をそらしている。

「何《なに》を隠《かく》してんのよ！」

美恵《みえ》に腕《うで》を叩《たた》かれてようやく口《くち》を開《ひら》いた有《ゆう》は「それはたぶん、俺《おれ》のだ」と、答《こた》えた。

貴子《たかこ》が目《め》を大《おお》きく見開《みひら》く。

「じゃあこれは有《ゆう》くんが仕組《しく》んだことだったんですか？」

「俺《おれ》じゃねぇ！　俺《おれ》は何《なに》も知《し》らねぇ！」

貴子《たかこ》の言葉《ことば》をすぐに否定《ひてい》するけれど、一度《いちど》他《ほか》の仲間《なかま》を疑《うたが》ったのは有本人《ゆうほんにん》だ。

みんなの白《しろ》い目《め》が有《ゆう》へ向《む》けられる。

「有《ゆう》が仕組《しく》んだことじゃなくてもさ、バッジを取《と》りに行《い》くのは有《ゆう》じゃなきゃダメでしょ。貴子《たかこ》がやったようにさ！」

美恵《みえ》が有《ゆう》の体《からだ》を幽霊《ゆうれい》の方《ほう》へと押《お》し出《だ》す。

こちらの喧騒《けんそう》に気《き》がついた幽霊《ゆうれい》が拓也《たくや》を攻撃《こうげき》するのをやめて、体《からだ》の向《む》きを変《か》え始《はじ》めていた。

幽霊《ゆうれい》は明《あき》らかに有《ゆう》を意識《いしき》しているみたいで、私《わたし》と拓也《たくや》は攻撃《こうげき》を中断《ちゅうだん》して距離《きょり》を置《お》いた。

「な、なんでバッジを取《と》らなきゃなんねぇんだよ！」

「私《わたし》のときはぬいぐるみが化《ば》け物《もの》から離《はな》れたとき、化《ば》け物《もの》が消《き》えました。きっと、今回《こんかい》も同《おな》じです」

貴子《たかこ》の意志《いし》の強《つよ》い声《こえ》が聞《き》こえてくる。

「だからって……」

振《ふ》り向《む》いた幽霊《ゆうれい》がジッと有《ゆう》に視線《しせん》を定《さだ》めている。

そしてジリジリと動《うご》き始《はじ》めた。

幽霊《ゆうれい》は他《ほか》の仲間《なかま》たちの前《まえ》で立《た》ち止《ど》まることなく、まっすぐに有《ゆう》へ向《む》かっている。

「くそ！　こっちに来《く》るな!!」

有《ゆう》は椅子《いす》の間《あいだ》の通路《つうろ》を走《はし》って逃《に》げる。

が、狭《せま》い通路《つうろ》では思《おも》ったように走《はし》れずに、その距離《きょり》はどんどん縮《ちぢ》まっていく。

「バッジを取《と》ればあの幽霊《ゆうれい》は消《き》えると思《おも》うか？」

拓也《たくや》が肩《かた》で呼吸《こきゅう》をしながら聞《き》いてきたので、私《わたし》は「わからない」と答《こた》えた。

だけどやってみる価値《かち》はあると思《おも》う。

あのバッジを取《と》ることで幽霊《ゆうれい》が消《き》えてくれるのなら、勇気《ゆうき》を出《だ》すしかない。

「あの幽霊《ゆうれい》には物理攻撃《ぶつりこうげき》がきく。ってことは、大勢《おおぜい》で襲《おそ》いかかればバッジを取《と》ることができるってことだ」

「うん、そうだね。でも貴子《たかこ》はきっと手伝《てつだ》ってくれないよ」

自分《じぶん》を化《ば》け物《もの》の前《まえ》へ突《つ》き出《だ》した有《ゆう》を助《たす》けるとは思《おも》えない。

貴子《たかこ》も自分《じぶん》がやられたのと同《おな》じように、有《ゆう》を幽霊《ゆうれい》の前《まえ》に突《つ》き出《だ》すんじゃないだろうか。

「彩香《あやか》は？」

「私《わたし》は……」

手伝《てつだ》うという言葉《ことば》が喉《のど》の奥《おく》にひっかかって出《で》てこない。

さっき幽霊《ゆうれい》に絞《し》められていた首《くび》に手《て》をやると、そのときの苦《くる》しさがよみがえってきた。

氷《こおり》のように冷《つめ》たくて、自分《じぶん》の力《ちから》じゃビクともしなかった。

圧倒的《あっとうてき》な恐怖《きょうふ》を前《まえ》にしたら体《からだ》が震《ふる》え出《だ》して、うまく動《うご》ける自信《じしん》がない。

「手伝《てつだ》いたい。でも、自信《じしん》がないよ」

あの幽霊《ゆうれい》はとてつもない力《ちから》だった。

拓也《たくや》が何度《なんど》殴《なぐ》ったり蹴《け》ったりしても倒《たお》れることもなかった。

五人《ごにん》で力《ちから》を合《あ》わせて攻撃《こうげき》しても、本当《ほんとう》にうまくいくかどうかわからない。

「わかった。それなら俺《おれ》が行《い》く」

拓也《たくや》はそう言《い》うとすぐに有《ゆう》の隣《となり》へと走《はし》った。

「あっ」

咄嗟《とっさ》に呼《よ》び止《と》めてしまいそうになり、グッと言葉《ことば》を呑《の》み込《こ》む。

「有《ゆう》！　俺《おれ》が幽霊《ゆうれい》をおびき寄《よ》せるから、お前《まえ》は後《うし》ろから手《て》を回《まわ》してバッジを奪《うば》うんだ！」

「わ、わかった！」

有《ゆう》が何度《なんど》もうなずき、拓也《たくや》が走《はし》る。

「ほらこっちだ！　そいつは御札《おふだ》を持《も》ってるから、こっちに来《こ》い！」

拓也《たくや》の言葉《ことば》に幽霊《ゆうれい》が反応《はんのう》し、有《ゆう》から距離《きょり》を置《お》いた。

まだ視線《しせん》を有《ゆう》へ向《む》けているものの、御札《おふだ》と聞《き》いて怯《おび》えているのがわかる。

やがて幽霊《ゆうれい》は有《ゆう》を諦《あきら》めて拓也《たくや》を追《お》いかけ始《はじ》めた。

拓也《たくや》は狭《せま》い通路《つうろ》を全力《ぜんりょく》で走《はし》って出口《でぐち》へと向《む》かう。

「拓也《たくや》、そっちは……！」

扉《とびら》の鍵《かぎ》はかかっていて行《い》き止《ど》まりになってしまう！

そう続《つづ》けようとしたとき、拓也《たくや》が扉《とびら》を蹴破《けやぶ》っていた。

「鍵《かぎ》が開《あ》いてる!?」

美恵《みえ》が驚《おどろ》きの声《こえ》を上《あ》げる。

扉《とびら》の鍵《かぎ》が開《あ》いていることに気《き》がつかなければ、私《わたし》たちは全員《ぜんいん》ここで幽霊《ゆうれい》の餌食《えじき》になっていたかもしれない。

「よし、こっちだ！」

拓也《たくや》が叫《さけ》んで幽霊《ゆうれい》を呼《よ》び、そのまま外《そと》へ飛《と》び出《だ》した。

その後《あと》をすぐに有《ゆう》が追《お》いかける。

私《わたし》たちも追《お》いかけていくと、拓也《たくや》は全力《ぜんりょく》で事務所《じむしょ》へと向《む》かっているようだった。

あそこならまだ色々《いろいろ》なものが残《のこ》っているから、武器《ぶき》になるものを探《さが》すつもりなのかもしれない。

「こっちだこっち、早《はや》く来《こ》いよ！」

拓也《たくや》が定期的《ていきてき》に振《ふ》り向《む》いて幽霊《ゆうれい》をあおる。

その先《さき》に見《み》えている事務所《じむしょ》のドアは大《おお》きく開《ひら》いていて、拓也《たくや》は事務所《じむしょ》へと飛《と》び込《こ》むと幽霊《ゆうれい》へ椅子《いす》を投《な》げつけた。

さすがに怯《ひる》んだ様子《ようす》で前《まえ》に進《すす》めずにいる。

「うぅ……」

とうめき声《こえ》を上《あ》げている幽霊《ゆうれい》の背後《はいご》に有《ゆう》が近《ちか》づいていく。

そして「おりゃ！」と声《こえ》を上《あ》げたと同時《どうじ》に、後《うし》ろから幽霊《ゆうれい》につかみかかった。

両手《りょうて》を回《まわ》して幽霊《ゆうれい》の服《ふく》についているバッジをしっかりと握《にぎ》る。

有《ゆう》の腕《うで》の中《なか》で女《おんな》の幽霊《ゆうれい》は暴《あば》れて抵抗《ていこう》したが、その間《あいだ》にビリッと白《しろ》いワンピースが破《やぶ》れてバッジは有《ゆう》の手《て》の中《なか》にあった。

「よし、取《と》ったぞ！」

有《ゆう》がバッジを握《にぎ》りしめて叫《さけ》ぶ。

無理《むり》やり引《ひ》きちぎられたバッジには白《しろ》い布《ぬの》がこびりついている。

幽霊《ゆうれい》は動《うご》きを止《と》めたかと思《おも》うと、足先《あしさき》からボロボロと崩《くず》れて灰《はい》になって消《き》えていく。

バッジにくっついていた布切《ぬのき》れも、灰《はい》になって消《き》えた。

「はぁ、はぁ」

拓也《たくや》は顔《かお》に汗《あせ》をびっしりと浮《う》かべてその場《ば》に座《すわ》り込《こ》んだ。

ずっと攻撃《こうげき》したり走《はし》ったりしていたから、かなり体力《たいりょく》を消耗《しょうもう》したはずだ。

私《わたし》は拓也《たくや》の隣《となり》に寄《よ》り添《そ》ってハンカチで汗《あせ》を拭《ふ》いた。

「大丈夫《だいじょうぶ》？」

「あぁ、ありがとう」

ようやく一息《ひといき》ついたところに貴子《たかこ》と美恵《みえ》もやってきた。

「貴子《たかこ》のぬいぐるみに有《ゆう》のバッジ。ねえ、本当《ほんとう》にふたりは何《なに》も知《し》らないの？」

美恵《みえ》が貴子《たかこ》と有《ゆう》へ疑《うたが》いの目《め》を向《む》けている。

ふたりの私物《しぶつ》がこんなところで出《で》てきたのだから、それも仕方《しかた》ないことだった。

「俺《おれ》は本当《ほんとう》に何《なに》も知《し》らねえ！　このバッジだって、小学三年生《しょうがくさんねんせい》の頃《ころ》に持《も》ってたやつだぜ？」

有《ゆう》は星型《ほしがた》のバッジを手《て》の中《なか》でもてあそんで答《こた》えた。

それは手作《てづく》りのようで、当時《とうじ》流行《はや》っていた戦隊《せんたい》ヒーローのグッズによく似《に》ていた。

そういえば、小学校三年生《しょうがっこうさんねんせい》の頃《ころ》、授業《じゅぎょう》か何《なに》かでこんなものを作《つく》ったかもしれない。

みんなで……この五人《ごにん》で？

誰《だれ》か、もうひとりいた気《き》がするけれど思《おも》い出《だ》せない。

「わ、私《わたし》だって何《なに》も知《し》りません！　こ、こんな怖《こわ》いこと、経験《けいけん》したくないですし」

貴子《たかこ》はずっと涙目《なみだめ》だ。

とてもじゃないけれどこんな恐《おそ》ろしいことを計画《けいかく》できるとは思《おも》えない。

「何《なに》かの演出《えんしゅつ》で、あの化《ば》け物《もの》も幽霊《ゆうれい》も演技《えんぎ》をしてるってことはないの？」

「美恵《みえ》、それはないと思《おも》う」

私《わたし》は大《おお》きく息《いき》を吐《は》き出《だ》して美恵《みえ》の意見《いけん》を否定《ひてい》した。

最初《さいしょ》の段階《だんかい》で演技《えんぎ》などではないと考《かんが》えたはずだけれど、まだその可能性《かのうせい》にすがりたいんだろう。

「なんでそう言《い》いきれるの？」

「だって、本当《ほんとう》に苦《くる》しかったから」

私《わたし》はもう一度《いちど》自分《じぶん》の首《くび》に手《て》を当《あ》てた。

あの力《ちから》は演技《えんぎ》なんかじゃない。

本気《ほんき》で殺《ころ》しにかかっていたと思《おも》う。

そもそも、あんなにガラスを叩《たた》いても通行人《つうこうにん》がひとりも立《た》ち止《ど》まらないなんておかしい。

あれだけの人数《にんずう》のエキストラを用意《ようい》したとも考《かんが》えにくい。

「なんなのよ！」

美恵《みえ》が突然《とつぜん》壁《かべ》を蹴《け》りつけた。

何度《なんど》も何度《なんど》も蹴《け》りつけて、そのたびにドンッドンッと鈍《にぶ》い音《おと》が聞《き》こえてくる。

貴子《たかこ》がその音《おと》に怯《おび》えて両耳《りょうみみ》を塞《ふさ》いだ。

「八《や》つ当《あ》たりしてても仕方《しかた》ないだろ。とりあえず幽霊《ゆうれい》は消《き》えたんだ。何《なに》か変化《へんか》がないか調《しら》べないと」

拓也《たくや》が椅子《いす》を元《もと》に戻《もど》して電話《でんわ》の受話器《じゅわき》を取《と》り上《あ》げている。

だけどすぐに戻《もど》してしまった。

きっと、まだつながらないいんだろう。

「外《そと》はもう真《ま》っ暗《くら》だね」

ホールまで戻《もど》ると外《そと》からの光《ひかり》は月明《つきあ》かりに変《か》わっていた。

電気《でんき》がついているので外《そと》からは私《わたし》たちの姿《すがた》がよく見《み》えるはずだけれど、もう行《い》き交《か》う人《ひと》の姿《すがた》もほぼない。

「鍵《かぎ》は……まだ開《あ》かないか」

出入《でい》り口《ぐち》の鍵《かぎ》を確認《かくにん》してみても、やっぱりビクともしない。

状況《じょうきょう》はほとんど変化《へんか》なさそうだ。

「何《なに》か聞《き》こえてくるぞ」

そう言《い》ったのは有《ゆう》だった。

いつの間《ま》にか星型《ほしがた》のバッジを自分《じぶん》のズボンにくっつけている。

全員《ぜんいん》で音《おと》がする方《ほう》へ向《む》かっていくと、そこは三番目《さんばんめ》のスクリーンだった。

今《いま》まで私《わたし》たちがいたスクリーン2はすでに扉《とびら》が閉《し》められて入《はい》れなくなっているが、代《か》わりにスクリーン3の扉《とびら》が少《すこ》しだけ開《ひら》いて中《なか》から音《おと》が漏《も》れ聞《き》こえてきている。

「また次《つぎ》があるってこと？」

前回《ぜんかい》と同《おな》じ展開《てんかい》に美恵《みえ》が顔《かお》をしかめる。

「みんな、扉《とびら》から遠《とお》ざかるんだ。中《なか》に入《はい》らないように気《き》をつけた方《ほう》がいい」

拓也《たくや》が上映室《じょうえいしつ》から離《はな》れて言《い》った。

「そうだね。前回《ぜんかい》もその前《まえ》も、映画《えいが》を見《み》てたら化《ば》け物《もの》や幽霊《ゆうれい》が出《で》てきたんだっけ」

それなら、映画《えいが》を見《み》なければいい。

そうすれば化《ば》け物《もの》や幽霊《ゆうれい》が出《で》てくることもなく、朝《あさ》がくるはずだ。

全員《ぜんいん》がスクリーン3から遠《とお》ざかった、そのときだった。

不意《ふい》に誰《だれ》かに背中《せなか》を押《お》されて振《ふ》り向《む》いた。

「誰《だれ》!?」

と、声《こえ》をかけるけれど、私《わたし》の後《うし》ろには誰《だれ》もいない。

視線《しせん》を前《まえ》へ戻《もど》してみると、みんなの体《からだ》がジワジワとスクリーン3に近《ちか》づいているのがわかった。

「わっ、ちょっと、押《お》さないでよ！」

「誰《だれ》も押《お》してねぇって！」

「ど、どうなってるんですか⁉」

「くそっ。足《あし》が勝手《かって》に近《ちか》づいていく！」

ドンッドンッと定期的《ていきてき》に背中《せなか》を押《お》され、そのたびに踏《ふ》ん張《ば》っていた足《あし》が前《まえ》へ前《まえ》へと進《すす》んでいってしまう。

「いや、入《はい》りたくない！」

気《き》がつけば体《からだ》が扉《とびら》の手前《てまえ》まで移動《いどう》してきていて、私《わたし》は扉《とびら》にすがりついた。

それでも繰《く》り返《かえ》し誰《だれ》かに背中《せなか》を押《お》される。

「いや！　やめて！」

わけのわからない力《ちから》が私《わたし》たちを上映室《じょうえいしつ》に引《ひ》きずり込《こ》もうとしている。

その力《ちから》に抵抗《ていこう》することができなくて、私《わたし》はついに扉《とびら》をつかんでいた手《て》を離《はな》してしまった。

最後《さいご》に中《なか》に入《はい》った瞬間《しゅんかん》、後方《こうほう》でバンッと扉《とびら》が閉《し》まる音《おと》が聞《き》こえてきた。

その途端《とたん》、背中《せなか》を押《お》す力《ちから》が消《き》えて、床《ゆか》に座《すわ》り込《こ》んでしまった。

全身《ぜんしん》にグッショリと汗《あせ》をかいていて心臓《しんぞう》が早鐘《はやがね》を打《う》っている。

「今度《こんど》は音《おと》に反応《はんのう》する化《ば》け物《もの》の映画《えいが》だ。ほんの少《すこ》しの物音《ものおと》でも攻撃《こうげき》してくる」

上映《じょうえい》されている映画《えいが》の説明《せつめい》をしたのは有《ゆう》だった。

今回《こんかい》もホラー映画《えいが》が流《なが》れている。

全身灰色《ぜんしんはいいろ》をした化《ば》け物《もの》の動《うご》きは俊敏《しゅんびん》で、ターゲットにされたら一瞬《いっしゅん》で襲《おそ》われてしまいそうだ。

あんな化《ば》け物《もの》が現実《げんじつ》に出《で》てきたら逃《に》げきれる自信《じしん》がない！

サッと血《ち》の気《け》が引《ひ》いていくのを感《かん》じて、私《わたし》は扉《とびら》へと走《はし》った。

「ダメ。扉《とびら》は開《ひら》かなくなってる」

先《さき》に扉《とびら》を確認《かくにん》していた美恵《みえ》がため息交《いきま》じりに言《い》った。

「それなら映画《えいが》を止《と》めよう！」

次《つぎ》に向《む》かった先《さき》は映写室《えいしゃしつ》だ。

ここでスイッチを切《き》れば映画《えいが》は止《と》まる。

映写室《えいしゃしつ》のドアを開《ひら》いて中《なか》を確認《かくにん》してみても、やはり誰《だれ》の姿《すがた》もなく、ただ機械《きかい》だけが動《うご》いていた。

私《わたし》はすぐに機械《きかい》に飛《と》びついて停止《ていし》ボタンを押《お》す。

だけど映画《えいが》は流《なが》れ続《つづ》けている。

「なんで止《と》まらないの!?」

「電源《でんげん》を落《お》とすんだ！」

後《あと》から拓也《たくや》が駆《か》けつけて言《い》った。

でも、電源《でんげん》ボタンを何度《なんど》押《お》しても反応《はんのう》してくれない。

映画《えいが》はどんどん進《すす》んでいく。

「コンセントを抜《ぬ》くしかないか」

拓也《たくや》が壁際《かべぎわ》を探《さが》して映写機《えいしゃき》のコンセントを引《ひ》き抜《ぬ》いた。

ガラス窓《まど》からスクリーンの様子《ようす》を確認《かくにん》してみると、それでも映画《えいが》が続《つづ》いていることがわかった。

他《ほか》の三人《さんにん》が不安《ふあん》そうな顔《かお》でこちらを見《み》ている。

「どうして映画《えいが》が止《と》まらないの!?」

映写機《えいしゃき》のボタンを乱暴《らんぼう》に押《お》して、最後《さいご》には機械《きかい》そのものを台《だい》の上《うえ》から引《ひ》き倒《たお》した。

ドンッと大《おお》きな音《おと》がして機材《きざい》が床《ゆか》に落下《らっか》する。

あちこち破損《はそん》した機材《きざい》では映画《えいが》を上映《じょうえい》することなんてできないはずなのに、それでもスクリーン上《じょう》の物語《ものがたり》は止《と》まらない。

「この映画《えいが》、映写機《えいしゃき》から流《なが》れてるんじゃないみたいだな。どういうわけかわからないけど、スクリーンそのものが映画《えいが》を映《うつ》してるんだ」

「そ、それならスクリーンを上《あ》げたらいいかも！」

「行《い》ってみよう」

私《わたし》たちはすぐに走《はし》り出《だ》した。

次《つぎ》から次《つぎ》へと出《で》てくる化《ば》け物《もの》に体力《たいりょく》や気力《きりょく》が消耗《しょうもう》してしまったが、まだ動《うご》くことはできるから。

「映画《えいが》は止《と》まってないですよ⁉」

客席《きゃくせき》へ戻《もど》ってきた私《わたし》たちに貴子《たかこ》が言《い》う。

「映写機《えいしゃき》は壊《こわ》した。それでも映画《えいが》は止《と》まらないんだ」

拓也《たくや》が説明《せつめい》しながらスクリーンへと向《む》かう。

画面《がめん》の中《なか》の光景《こうけい》は穏《おだ》やかで、化《ば》け物《もの》は出《で》てきていない。

今《いま》のうちならスクリーンを上《あ》げることができるかもしれない！

「スクリーンを上《あ》げるから、手伝《てつだ》って！」

走《はし》りつつ言《い》うと、スクリーンに近《ちか》い場所《ばしょ》にいた有《ゆう》が弾《はじ》かれたようにステージの上《うえ》によじ登《のぼ》った。

「このスクリーンは機械《きかい》で巻《ま》き上《あ》げるタイプだ。俺《おれ》が動《うご》かす！」

有《ゆう》がステージ袖《そで》へと走《はし》っていく。

そこにはスクリーンを巻《ま》き上《あ》げるための機械《きかい》が設置《せっち》されていて、ボタンひとつで動《うご》くようになっている。

それを見《み》た瞬間《しゅんかん》、嫌《いや》な予感《よかん》が胸《むね》をよぎった。

さっきも映写機《えいしゃき》を止《と》めようとしたけれど、ボタンでは止《と》まらなかった。

映写機《えいしゃき》を横倒《よこだお》しにしても、まだ映画《えいが》は続《つづ》いている。

「くそ、動《うご》かねぇ」

有《ゆう》の焦《あせ》った声《こえ》が聞《き》こえてくる。

やっぱり！

「スクリーンを壊《こわ》すんだ！　それしかない！」

拓也《たくや》が指示《しじ》を出《だ》して全員《ぜんいん》がスクリーンを破《やぶ》ろうと試《こころ》みる。

だけどスクリーンは頑丈《がんじょう》にできていて、刃物《はもの》も持《も》たない自分《じぶん》たちが簡単《かんたん》に壊《こわ》せるようなものではなかった。

「ば、化《ば》け物《もの》が……」

客席《きゃくせき》から見《み》ていた貴子《たかこ》の声《こえ》にスクリーンへ視線《しせん》を向《む》けると、灰色《はいいろ》の化《ば》け物《もの》がこちらへ近《ちか》づいてくるのが見《み》えた。

サッと全身《ぜんしん》から血《ち》の気《け》が引《ひ》いていく。

ステージ上《じょう》にいる状態《じょうたい》で化《ば》け物《もの》が出《で》てきたら、すぐに捕《つか》まってしまう！

「間《ま》に合《あ》わない！　一旦《いったん》逃《に》げよう！」

拓也《たくや》が言《い》い、一斉《いっせい》にステージの上《うえ》から客席《きゃくせき》へと降《お》りていく。

それとほぼ同時《どうじ》に、灰色《はいいろ》の化《ば》け物《もの》がバリッとスクリーンを突《つ》き破《やぶ》って出《で》てきた。

今度《こんど》の化《ば》け物《もの》は音《おと》で反応《はんのう》するタイプだと有《ゆう》が言《い》っていた。

私《わたし》たちは逃《に》げる途中《とちゅう》の格好《かっこう》で動《うご》きを止《と》めて、息《いき》を殺《ころ》した。

化《ば》け物《もの》が周囲《しゅうい》をうかがうように首《くび》をめぐらせる。

その顔《かお》はあるべき場所《ばしょ》に目《め》と鼻《はな》がなくのっぺりしていて、思《おも》わず悲鳴《ひめい》を上《あ》げてしまいそうになった。

慌《あわ》てて両手《りょうて》で自分《じぶん》の口《くち》を押《お》さえて悲鳴《ひめい》を押《お》し殺《ころ》す。

映画《えいが》を見《み》たことのある有《ゆう》は化《ば》け物《もの》の顔《かお》を目《め》にしても平気《へいき》そうにしているけれど、他《ほか》の三人《さんにん》は驚愕《きょうがく》の表情《ひょうじょう》を浮《う》かべている。

化《ば》け物《もの》が一歩進《いっぽすす》むたびに心臓《しんぞう》が破裂《はれつ》しそうなほど早鐘《はやがね》を打《う》つ。

全身《ぜんしん》に冷《ひ》や汗《あせ》が流《なが》れて、呼吸《こきゅう》することもままならない。

貴子《たかこ》も私《わたし》と同《おな》じように両手《りょうて》で自分《じぶん》の口《くち》をおおってどうにか悲鳴《ひめい》をこらえている。

できればこのまま諦《あきら》めてスクリーンの中《なか》に戻《もど》ってくれればいいけれど……

そう思《おも》ったときだった。

〜♪〜♪

どこからかスマホのアラーム音《おん》が聞《き》こえてきて会場内《かいじょうない》が凍《こお》りついた。

慌《あわ》ててスカートのポケットに手《て》を入《い》れたのは美恵《みえ》だ。

震《ふる》える手《て》でスマホを操作《そうさ》してアラームを止《と》めようとしているけれど、焦《あせ》っているせいかうまくいかない。

「グルルルッ」

化《ば》け物《もの》が獣《けもの》のように喉《のど》を鳴《な》らして美恵《みえ》の方《ほう》を向《む》いた。

目《め》がないから見《み》えていないはずなのに、的確《てきかく》に美恵《みえ》がいる場所《ばしょ》をとらえているようだ。

「うぅ……」

どうにかアラームを消《け》した美恵《みえ》だったが、恐怖《きょうふ》から少《すこ》しだけ声《こえ》を漏《も》らした。

これで音《おと》を出《だ》したのが人間《にんげん》だとバレてしまった！

美恵《みえ》が走《はし》り出《だ》したと同時《どうじ》に化《ば》け物《もの》が美恵《みえ》へと突進《とっしん》した。

目《め》にも留《と》まらぬ速度《そくど》で動《うご》いた化《ば》け物《もの》はいとも簡単《かんたん》に美恵《みえ》の足《あし》をつかんでいたのだ。

「きゃあ！」

美恵《みえ》はその場《ば》に激《はげ》しく転倒《てんとう》する。

立《た》ち上《あ》がる暇《ひま》もなく化《ば》け物《もの》がするどい牙《きば》で美恵《みえ》の足首《あしくび》に噛《か》みついた。

「いやぁ！　痛《いた》い、痛《いた》いよ!!」

このままじゃ美恵《みえ》が危《あぶ》ない！

「こっち！　こっちだよ！」

咄嗟《とっさ》に大《おお》きな声《こえ》を上《あ》げていた。

化《ば》け物《もの》の気《き》をそらして美恵《みえ》の逃《に》げるすきを作《つく》るんだ。

「こっちにいるよ！」

私《わたし》の声《こえ》に反応《はんのう》して化《ば》け物《もの》が美恵《みえ》から身《み》を離《はな》す。

美恵《みえ》はほふく前進《ぜんしん》のように体《からだ》を引《ひ》きずってどうにか化《ば》け物《もの》から距離《きょり》を取《と》った。

だけど傷口《きずぐち》のせいで立《た》ち上《あ》がることができなくなっている。

「化《ば》け物《もの》！　こっちへ来《こ》い！」

拓也《たくや》がひときわ大《おお》きな声《こえ》で化《ば》け物《もの》を呼《よ》んだ。

化《ば》け物《もの》が素早《すばや》く反応《はんのう》して拓也《たくや》に迫《せま》っていく。

拓也《たくや》は持《も》ち前《まえ》の身体能力《しんたいのうりょく》を生《い》かして扉《とびら》へと一気《いっき》に走《はし》った。

どうか、扉《とびら》が開《ひら》きますように……！

願《ねが》うような気持《きも》ちで両手《りょうて》の指《ゆび》を組《く》むと、拓也《たくや》が外《そと》へ飛《と》び出《だ》した。

それに続《つづ》いて化《ば》け物《もの》も外《そと》へと走《はし》っていく。

やった！

うまくいった！

ここの上映室《じょうえいしつ》は私《わたし》たちに映画《えいが》を見《み》せるために自動的《じどうてき》に閉鎖《へいさ》されるが、その後《あと》は鍵《かぎ》が開《あ》くみたいだ。

私《わたし》はすかさず美恵《みえ》へと駆《か》け寄《よ》った。

「大丈夫《だいじょうぶ》？」

小《ちい》さな声《こえ》で質問《しつもん》すると、美恵《みえ》は顔《かお》をしかめながらも「なんとか」と、答《こた》えた。

美恵《みえ》はポケットから大《おお》きめの白《しろ》いハンカチを取《と》り出《だ》すと自分《じぶん》の足首《あしくび》に巻《ま》いて、止血《しけつ》をした。

その手《て》はずっと小刻《こきざ》みに震《ふる》えていて、泣《な》くのも我慢《がまん》しているみたいだ。

「スマホはマナーモードにしなきゃ」

「そうだね。ごめん」

それに、音《おと》で反応《はんのう》する化《ば》け物《もの》が相手《あいて》になると、こうして会話《かいわ》することも危険《きけん》だ。

外《そと》へ行《い》ったけれど、念《ねん》のためスマホのメモ機能《きのう》などを使《つか》って会話《かいわ》する方《ほう》がいいかもしれない。

私《わたし》はすぐに自分《じぶん》のスマホを取《と》り出《だ》して文字《もじ》を打《う》ち込《こ》み、それを美恵《みえ》に見《み》せた。

【化《ば》け物《もの》が持《も》っていたアイテムを確認《かくにん》した？】

その質問《しつもん》に美恵《みえ》は何度《なんど》もうなずく。

そして青《あお》ざめた顔《かお》で【足首《あしくび》にミサンガをつけてた。私《わたし》が小学校《しょうがっこう》の頃《ころ》持《も》ってたやつだと思《おも》う】

と、教《おし》えてくれた。

今度《こんど》は美恵《みえ》の持《も》ち物《もの》を持《も》っていたみたいだ。

これが偶然《ぐうぜん》だとは思《おも》えない。

だけど今《いま》は化《ば》け物《もの》が出現《しゅつげん》する理由《りゆう》を話《はな》し合《あ》っている暇《ひま》はない。

こうしている間《あいだ》にも拓也《たくや》はひとりで化《ば》け物《もの》をひきつけているんだから。

【それならお前《まえ》が行《い》け】

突然目《とつぜんめ》の前《まえ》にスマホ画面《がめん》が現《あらわ》れて、そんな文章《ぶんしょう》が見《み》えた。

顔《かお》を上《あ》げるといつの間《ま》にか有《ゆう》が近《ちか》くにいて、私《わたし》たちのやりとりを見《み》て同《おな》じようにスマホで文字《もじ》を打《う》ち込《こ》んで見《み》せている。

有《ゆう》の後《うし》ろには不安《ふあん》そうな顔《かお》の貴子《たかこ》もいる。

「で、でも……」

美恵《みえ》が反論《はんろん》しようとするのを有《ゆう》がシッと人差《ひとさ》し指《ゆび》を立《た》てて止《と》めた。

【今《いま》なら拓也《たくや》が化《ば》け物《もの》をひきつけてくれてる。チャンスはあるはずだ】

そうかもしれない。

有《ゆう》のバッジを取《と》ったときと同《おな》じように、後方《こうほう》からアイテムを取《と》ればいい。

だけど今回《こんかい》はミサンガだ。

固《かた》く結《むす》ばれたミサンガを引《ひ》きちぎることはきっと難《むずか》しい。

【美恵《みえ》、事務所《じむしょ》にハサミがあったはずですよ】

そんな文章《ぶんしょう》を見《み》せてきたのは貴子《たかこ》だった。

ハサミがあればミサンガを切《き》って手《て》に入《い》れることができる！

【美恵《みえ》、行《い》ける？】

私《わたし》の質問《しつもん》に美恵《みえ》が下唇《したくちびる》を噛《か》みしめてうなずいた。

椅子《いす》に手《て》をかけて立《た》ち上《あ》がると、噛《か》まれた右足《みぎあし》を引《ひ》きずるようにして歩《ある》き出《だ》す。

あの状態《じょうたい》じゃ、もし化《ば》け物《もの》に気《き》がつかれたときに逃《に》げるのは無理《むり》だろう。

【美恵《みえ》、私《わたし》が行《い》こうか？】

その言葉《ことば》に美恵《みえ》は左右《さゆう》に首《くび》を振《ふ》ったのだった。

☆☆☆

スクリーン3から出《で》て事務所《じむしょ》へ向《む》かう間《あいだ》、私《わたし》たちはできるだけ足音《あしおと》を殺《ころ》していた。

周囲《しゅうい》から物音《ものおと》は聞《き》こえてこないから、拓也《たくや》も今《いま》は身《み》を潜《ひそ》めているんだろう。

ホールへ出《で》てきて周囲《しゅうい》を確認《かくにん》してみるけれど、化《ば》け物《もの》の姿《すがた》はなくてホッと胸《むね》をなで下《お》ろす。

拓也《たくや》も、唯一《ゆいいつ》武器《ぶき》になりそうなものが残《のこ》っている事務所《じむしょ》へ向《む》かったのかもしれない。

美恵《みえ》が痛《いた》みに耐《た》えながら先頭《せんとう》を歩《ある》いていく。

と、事務所《じむしょ》のドアが開《ひら》いていてその中《なか》に灰色《はいいろ》の化《ば》け物《もの》の背中《せなか》が見《み》えた。

美恵《みえ》は青《あお》ざめ、肩《かた》で何度《なんど》も呼吸《こきゅう》を繰《く》り返《かえ》しつつ中腰《ちゅうごし》になる。

化《ば》け物《もの》をよく観察《かんさつ》してみると、カラフルなミサンガが右足首《みぎあしくび》についているのがわかった。

あれが美恵《みえ》のものみたいだ。

視線《しせん》を上《あ》げるとハサミがデスクのペン立《た》ての中《なか》にあった。

美恵《みえ》もそれに気《き》がついている様子《ようす》だ。

美恵《みえ》が息《いき》を殺《ころ》して化《ば》け物《もの》の後《うし》ろからそっと事務所《じむしょ》の中《なか》へと入《はい》り込《こ》む。

そしてさっきと同《おな》じように床《ゆか》に腹《はら》ばいになり、ゆっくりと進《すす》んでいく。

化《ば》け物《もの》は音《おと》がしなくなったことで目標物《もくひょうぶつ》を見失《みうしな》い、棒立《ぼうだ》ちになっている。

その間《あいだ》に美恵《みえ》は事務所《じむしょ》の奥《おく》にあるデスクの前《まえ》までたどり着《つ》いていた。

美恵《みえ》が上体《じょうたい》を起《お》こして手《て》を伸《の》ばし、ペン立《た》てに触《ふ》れる。

けれどしゃがみ込《こ》んだ状態《じょうたい》ではどこにハサミがあるのかわからない。

美恵《みえ》の手《て》がデスクの上《うえ》を行《い》ったり来《き》たりしてハサミを探《さが》し始《はじ》めた。

そのとき、デスクの下《した》に身《み》を隠《かく》している拓也《たくや》と視線《しせん》がぶつかった。

小《ちい》さくうなずき合《あ》い、固唾《かたず》を呑《の》んで美恵《みえ》の行動《こうどう》を見守《みまも》る。

美恵《みえ》の指先《ゆびさき》がまたペン立《た》てに当《あ》たった瞬間《しゅんかん》、ガチャンと大《おお》きな音《おと》を立《た》てて倒《たお》れてしまった。

即座《そくざ》に反応《はんのう》した化《ば》け物《もの》が「グルルルル！」と、獣《けもの》のような咆哮《ほうこう》を上《あ》げデスクの上《うえ》に飛《と》び乗《の》った。

その真下《ました》には美恵《みえ》がいる。

美恵《みえ》は運良《うんよ》く床《ゆか》に落下《らっか》してきたハサミをつかんだ。

それと同時《どうじ》に化《ば》け物《もの》が美恵《みえ》の存在《そんざい》に気《き》がついたように視線《しせん》を下《さ》げた。

見《み》えていない一方《いっぽう》で、どんな小《ちい》さな音《おと》でも聞《き》き逃《のが》さない。

「グルルル！」

と、再《ふたた》び咆哮《ほうこう》が聞《き》こえてきて牙《きば》が剥《む》かれる。

「化《ば》け物《もの》、こっちだ！」

美恵《みえ》から少《すこ》し離《はな》れた場所《ばしょ》で拓也《たくや》が叫《さけ》び、化《ば》け物《もの》の気《き》がそれる。

そのタイミングで美恵《みえ》が「ああああ！」と恐怖《きょうふ》に叫《さけ》びながらハサミを突《つ》き出《だ》した。

化《ば》け物《もの》が美恵《みえ》に頭《あたま》からかじりつこうと体《からだ》をかがめるのと、ハサミでミサンガが切《き》られるのはほぼ同時《どうじ》だった。

ジャキンッ！

化《ば》け物《もの》の足《あし》からハラリとカラフルなミサンガが落《お》ちて、化《ば》け物《もの》は美恵《みえ》を食《た》べる寸前《すんぜん》で動《うご》きを止《と》めた。

そして足先《あしさき》の方《ほう》からボロボロと崩《くず》れて、灰《はい》になって消《き》えていく。

「た……助《たす》かったぁ」

美恵《みえ》はミサンガを握《にぎ》りしめてその場《ば》にヘナヘナと座《すわ》り込《こ》んでしまったのだった。

3　スクリーン4

ギリギリのところで化《ば》け物《もの》を退治《たいじ》した私《わたし》たちは事務所《じむしょ》の椅子《いす》に座《すわ》って休息《きゅうそく》を取《と》っていた。

「まだまだ続《つづ》くと思《おも》うか？」

有《ゆう》からの質問《しつもん》に拓也《たくや》が顔《かお》をしかめて「恐《おそ》らくは」と、答《こた》えた。

こんなことを考《かんが》えたくはなかったけれど、この映画館《えいがかん》のスクリーンは五《いつ》つある。

そしてここにいる私《わたし》たちは五人《ごにん》だ。

ひとりひとつずつ自分《じぶん》が昔持《むかしも》っていたアイテムを手《て》に入《い》れるのだとすれば、これはあと二回《にかい》続《つづ》くことになる。

「まだ帰《かえ》れねぇってことだよな」

有《ゆう》が大《おお》きくため息《いき》を吐《は》き出《だ》した。

こんなに家《いえ》が恋《こい》しいと思《おも》ったことなんて、初《はじ》めてかもしれない。

私《わたし》は隣《となり》に座《すわ》る美恵《みえ》に視線《しせん》を向《む》けた。

血《ち》はもう止《と》まったみたいだけれど、念《ねん》のために事務所《じむしょ》にあった救急箱《きゅうきゅうばこ》から消毒液《しょうどくえき》やガーゼを借《か》りて手当《てあ》てしている。

怪我《けが》した場所《ばしょ》が足《あし》だから、これから先《さき》、化《ば》け物《もの》が出《で》てきたときに逃《に》げるのが難《むずか》しくなってしまった。

「これってどう考《かんが》えてもウチらに関係《かんけい》している出来事《できごと》だよね？」

ジッと自分《じぶん》の足《あし》を見《み》つめていた美恵《みえ》が顔《かお》を上《あ》げて言《い》った。

「あぁ。だろうな。だけどなんでこんなことに巻《ま》き込《こ》まれてるのか、全然《ぜんぜん》わかんねぇ」

物語《ものがたり》のほとんどには法則《ほうそく》がある。

それをこの状況《じょうきょう》に当《あ》てはめるとすれば、私《わたし》たちがここに集《あつ》められた理由《りゆう》がちゃんとあるはずだった。

だけど今《いま》の私《わたし》たちには中学校《ちゅうがっこう》の映画部《えいがぶ》という共通点《きょうつうてん》しか見《み》つけられなかった。

「こういう状況《じょうきょう》って、映画《えいが》ではよく断罪《だんざい》で使《つか》われるよね」

私《わたし》は一年前《いちねんまえ》に見《み》た脱出系《だっしゅつけい》の映画《えいが》の内容《ないよう》を思《おも》い出《だ》してつぶやいた。

その映画《えいが》では、出口《でぐち》のない部屋《へや》の中《なか》に閉《と》じ込《こ》められた主人公《しゅじんこう》たちは過去《かこ》に後《うし》ろ暗《ぐら》いことがあり、そのせいで集《あつ》められて過酷《かこく》なゲームをやらされていた。

「確《たし》かにそうだよね」

美恵《みえ》がうなずく。

でも、こんな怖《こわ》い経験《けいけん》をしなきゃいけないような悪《わる》いことなんてしてない、と思《おも》う。

「有《ゆう》、あんた誰《だれ》かをイジメたんじゃないの？」

美恵《みえ》の言葉《ことば》に有《ゆう》が顔《かお》を赤《あか》くして目《め》をつり上《あ》げた。

「はぁ？　そんなことするわけねぇだろ！」

「だけど、この中《なか》で一番《いちばん》人《ひと》から恨《うら》まれてそうなのってあんたじゃん」

「それを言《い》うならお前《まえ》だってそうだろ！」

「ふたりとも、喧嘩《けんか》はやめなよ。ここまでされなきゃいけないようなこと、誰《だれ》もしてないに決《き》まってる」

私《わたし》は力《ちから》なく言《い》った。

ただでさえ疲《つか》れているのに、これ以上《いじょう》の仲間割《なかまわ》れはしたくない。

私《わたし》が映画《えいが》の話《はなし》を持《も》ち出したのは、断罪《だんざい》なんかが目的《もくてき》で閉《と》じ込《こ》められたわけじゃないと確認《かくにん》したかったからだ。

美恵《みえ》や有《ゆう》は見《み》た目《め》は派手《はで》だけれど映画好《えいがず》きで、部活《ぶかつ》も熱心《ねっしん》に参加《さんか》していて、サボることだってほとんどなかった。

休憩時間中《きゅうけいじかんちゅう》もふたりは常《つね》に映画《えいが》の話《はなし》を楽《たの》しそうにしていて、誰《だれ》かをイジメているところなんて見《み》たことがない。

「俺《おれ》たちは恨《うら》まれてここに連《つ》れてこられたんじゃないと思《おも》ってるのか?」

拓也《たくや》からの質問《しつもん》に私《わたし》は曖昧《あいまい》にうなずいた。

「わからないけど、たぶん」

自分《じぶん》の行《おこな》いで他人《たにん》を傷《きず》つけたことはあるかもしれない。

だけど故意《こい》に誰《だれ》かをイジメた経験《けいけん》は一度《いちど》もなかった。

「確《たし》かにそうかもしれないな。このメンバーの中《なか》には貴子《たかこ》もいるし、やっぱり恨《うら》まれるとか、そういうことはないんじゃないかと思《おも》う」

拓也《たくや》の言葉《ことば》に貴子《たかこ》がビクリと反応《はんのう》する。

「み、みんなが知《し》っている通《とお》り私《わたし》は引《ひ》きこもりぎみで、学校《がっこう》にはあまり行《い》けていません。だから、教室《きょうしつ》でも存在感《そんざいかん》とかなくて、恨《うら》まれることも、したことありません……」

しどろもどろになりながら自分《じぶん》のことを説明《せつめい》した。

もしもイジメられるとしたら自分《じぶん》の方《ほう》だと言《い》いたいんだろう。

「貴子《たかこ》が誰《だれ》かに恨《うら》まれてたとか、ちょっと考《かんが》えにくいか」

有《ゆう》も納得《なっとく》した様子《ようす》でうなずいている。

だけど、そうなってくると話《はなし》は元《もと》に戻《もど》ってしまう。

結局《けっきょく》どうして自分《じぶん》たちがこんなことに巻《ま》き込《こ》まれてしまったのか、わからないままだ。

「考《かんが》えても解決《かいけつ》しねぇなら、また動《うご》くしかねぇのかな」

「動《うご》くって？」

「次《つぎ》の部屋《へや》に行《い》く」

美恵《みえ》からの質問《しつもん》に即答《そくとう》する有《ゆう》。

みんなの目《め》に怯《おび》えが走《はし》った。

「電話《でんわ》も通《つう》じねぇ、外《そと》にも出《で》られねぇ。だけどきっと、次《つぎ》の部屋《へや》に行《い》くことならできる」

「私《わたし》は嫌《いや》です。もう近《ちか》づきたくないです」

貴子《たかこ》が自分《じぶん》の体《からだ》を抱《だ》きしめて身震《みぶる》いした。

私《わたし》も同《おな》じ気持《きも》ちだった。

だけど、ずっとここにいても何《なに》も変《か》わらない。

「どうする？　朝《あさ》になるのを待《ま》ってみるっていうこともできるけど」

拓也《たくや》が周《まわ》りを見回《みまわ》して言《い》った。

「朝《あさ》が来《き》たら、誰《だれ》かが助《たす》けに来《き》てくれるよね？」

「たぶんな。時間《じかん》は正確《せいかく》に進《すす》んでいるみたいだし、俺《おれ》たちの両親《りょうしん》とか、学校《がっこう》に登校《とうこう》してこないことに気《き》がついた先生《せんせい》とかが動《うご》いてくれるはずだ」

私《わたし》の言葉《ことば》に拓也《たくや》は自信《じしん》なさそうに答《こた》えた。

「それなら待《ま》っていましょうよ！」

そう叫《さけ》んだのは貴子《たかこ》だ。

できるだけ動《うご》きたくないのだろう。

私《わたし》も、もう怖《こわ》い思《おも》いをするのは嫌《いや》だった。

「このまま何《なに》もせずに朝《あさ》が来《き》たとして、外《そと》にいる連中《れんちゅう》が気《き》がついてくれると思《おも》うか？」

そう聞《き》いたのは有《ゆう》だった。

有《ゆう》の表情《ひょうじょう》はとても険《けわ》しい。

「まだ明《あか》るいうちにあれだけガラスを叩《たた》いて声《こえ》を張《は》り上《あ》げたのに、誰《だれ》も気《き》がつかなかったんだぞ？」

「朝《あさ》になってもその状況《じょうきょう》が変《か》わらなかったら、どっちみち次《つぎ》の化《ば》け物《もの》と戦《たたか》うことになる」

美恵《みえ》がつぶやく。

それ以降《いこう》はみんな無言《むごん》だった。

次《つぎ》にどうすればいいのかわかっていても、すぐに動《うご》くことはできずにいた。

「せめて、武器《ぶき》を持《も》って行《い》こうぜ」

十分間《じっぷんかん》ほど無言《むごん》の時間《じかん》が続《つづ》いた後《あと》、覚悟《かくご》を決《き》めたように有《ゆう》が言《い》った。

「今《いま》までの化《ば》け物《もの》も幽霊《ゆうれい》も、みんな物理攻撃《ぶつりこうげき》がきいた。それならきっと次《つぎ》に出《で》てくるヤツにだって効果《こうか》があるはずだ」

有《ゆう》の提案《ていあん》に私《わたし》たちは椅子《いす》から立《た》ち上《あ》がった。

事務所《じむしょ》の奥《おく》には掃除道具《そうじどうぐ》入《い》れがあり、私《わたし》はホウキを握《にぎ》りしめた。

拓也《たくや》も有《ゆう》も美恵《みえ》も貴子《たかこ》も、ホウキやモップを手《て》に取《と》る。

弱々《よわよわ》しい武器《ぶき》だけれど、少《すこ》しの時間稼《じかんかせ》ぎくらいならできるはずだ。

「行《い》くしかないんだよな？」

拓也《たくや》が全員《ぜんいん》へ視線《しせん》を向《む》けて質問《しつもん》する。

その視線《しせん》が私《わたし》に向《む》いたとき、息《いき》を吸《す》い込《こ》んでうなずいた。

行《い》かなきゃここから出《で》られないなら、もう行《い》くしかない。

残《のこ》るは私《わたし》と拓也《たくや》のアイテムを持《も》った化《ば》け物《もの》が二体《にたい》だけのはずだ。

きっとどうにかなる。

私《わたし》はギュッと両手《りょうて》でホウキを握《にぎ》りしめたのだった。

☆☆☆

自分《じぶん》から立《た》ち向《む》かうと決《き》めても、どんな化《ば》け物《もの》や幽霊《ゆうれい》が出《で》てくるかわからない恐怖心《きょうふしん》を拭《ぬぐ》い去《さ》ることはできなかった。

私《わたし》と拓也《たくや》は横並《よこなら》びになって通路《つうろ》を歩《ある》いていく。

通路《つうろ》には赤《あか》い絨毯《じゅうたん》がしかれていて、足音《あしおと》が消《き》えていく。

「次《つぎ》の扉《とびら》が開《ひら》いてる」

四番目《よんばんめ》のスクリーンへ到着《とうちゃく》したとき、拓也《たくや》が言《い》った。

今《いま》までと同《おな》じように三番目《さんばんめ》までの扉《とびら》は頑丈《がんじょう》に施錠《せじょう》され、四番目《よんばんめ》だけが少《すこ》し開《ひら》いて中《なか》から映画《えいが》の音《おと》が漏《も》れ聞《き》こえてきている。

「やっぱり無理《むり》です。入《はい》っちゃダメですよ」

そう言《い》って立《た》ち止《ど》まったのは貴子《たかこ》だった。

その足《あし》はガタガタと震《ふる》えていて、モップを杖《つえ》のようにして使《つか》っていないと立《た》っていられない状態《じょうたい》だった。

「貴子《たかこ》、大丈夫《だいじょうぶ》？　無理《むり》そうなら廊下《ろうか》で待《ま》っていてもいいけど」

だけど化《ば》け物《もの》を外《そと》へおびき出《だ》さないといけなくなったときに、廊下《ろうか》にいてはかえって危険《きけん》かもしれない。

そう考《かんが》えたとき、一度《いちど》全員《ぜんいん》で避難《ひなん》した多目的《たもくてき》トイレの存在《そんざい》を思《おも》い出《だ》した。

あそこなら鍵《かぎ》をかけることができるし、貴子《たかこ》をひとりにしても安心《あんしん》できる。

「ごめん、貴子《たかこ》をトイレに避難《ひなん》させてもいいかな？」

貴子《たかこ》はすでに自分《じぶん》のアイテム、うさぎのぬいぐるみを持《も》っているから参加《さんか》しなくてもいいはずだ。

「隠《かく》れてることってできるの？」

美恵《みえ》が険《けわ》しい表情《ひょうじょう》で聞《き》いてきた。

そういえば、さっきは全員《ぜんいん》見《み》えない何者《なにもの》かに背中《せなか》を押《お》されて無理《むり》やり上映室《じょうえいしつ》に入《い》れられたんだった。

それを考《かんが》えればひとりだけ隠《かく》れ通《とお》すことは難《むずか》しいかもしれない。

「とりあえず、やってみようよ」

今《いま》にも崩《くず》れ落《お》ちてしまいそうな貴子《たかこ》をこのままほうっておくことはできなかった。

貴子《たかこ》からしてみれば、外《そと》へ出《で》ること自体《じたい》に大《おお》きな勇気《ゆうき》と力《ちから》が必要《ひつよう》になっているはずだし、これ以上《いじょう》の負担《ふたん》はかけられない。

「仕方《しかた》ないな」

拓也《たくや》がため息交《いきま》じりにうなずいてくれたので、「ありがとう」と返事《へんじ》をして貴子《たかこ》とふたりで多目的《たもくてき》トイレへ向《む》かった。

スクリーンから遠《とお》ざかったことで安心《あんしん》したのか、貴子《たかこ》はホッとしたように笑顔《えがお》を見《み》せた。

なんだか久《ひさ》しぶりにそんな表情《ひょうじょう》を見《み》た気《き》がする。

「きっと大丈夫《だいじょうぶ》だからね。絶対《ぜったい》に鍵《かぎ》を開《あ》けちゃダメだよ？」

「わかりました。彩香《あやか》ちゃん、ごめんなさい」

「え？」

「私《わたし》、みんなの役《やく》に立《た》てていませんよね」

その目《め》には涙《なみだ》が滲《にじ》んでいる。

さっきまでの笑《え》みは消《き》えて、顔《かお》が悔《くや》しそうに歪《ゆが》んでいた。

「そんなの気《き》にしないで！　貴子《たかこ》はちゃんと頑張《がんば》ったじゃない」

私《わたし》は貴子《たかこ》の手《て》を握《にぎ》りしめて言《い》った。

怖《こわ》がりとか臆病《おくびょう》とか、そんなのは人《ひと》それぞれだ。

それに貴子《たかこ》は、最初《さいしょ》に頑張《がんば》って化《ば》け物《もの》に立《た》ち向《む》かっていった。

まだ何《なに》もわからない状態《じょうたい》で化《ば》け物《もの》に向《む》かっていくのは、本当《ほんとう》にすごいことだと思《おも》う。

貴子《たかこ》は泣《な》きながら「ありがとうございます」と、繰《く》り返《かえ》した。

すべてが終《お》わった後《あと》、この他人行儀《たにんぎょうぎ》なしゃべり方《かた》が変《か》わっていればいいなと思《おも》う。

「それじゃ、行《い》ってくるから」

私《わたし》はそう言《い》って貴子《たかこ》の手《て》を離《はな》したのだった。

☆☆☆

スクリーンへ戻《もど》ってきた私《わたし》はすぐに異変《いへん》に気《き》がついた。

さっきまで開《ひら》いていた扉《とびら》が完全《かんぜん》に閉《し》まっていて、中《なか》の音《おと》も聞《き》こえなくなっているのだ。

「みんな、どうしたの？」

扉《とびら》の前《まえ》で戸惑《とまど》った表情《ひょうじょう》をしている拓也《たくや》に聞《き》くと、拓也《たくや》も「わからない。急《きゅう》に扉《とびら》が閉《し》まったんだ」と答《こた》えた。

「扉《とびら》が閉《し》まった？」

私《わたし》は首《くび》をかしげて扉《とびら》の前《まえ》に立《た》った。

そして開《あ》けようとするけれど、ビクともしない。

出入《でい》り口《ぐち》と同《おな》じように開《あ》かなくなってしまっているのだ。

「ねぇどういうこと？　化《ば》け物《もの》はもう出《で》てこないってこと？」

美恵《みえ》からの質問《しつもん》に私《わたし》も首《くび》をひねるしかなかった。

私《わたし》たちを閉《と》じ込《こ》めた何者《なにもの》かは、私《わたし》たちに化《ば》け物退治《ものたいじ》のようなことをしてほしいんじゃなかったんだろうか？

こうしてスクリーンを閉《し》めてしまえば、それもできなくなるのに。

「全員揃《ぜんいんそろ》ってねぇからだ」

そう言《い》ったのは有《ゆう》だった。

振《ふ》り向《む》くと額《ひたい》に青筋《あおすじ》を浮《う》かべた有《ゆう》が扉《とびら》を睨《にら》みつけている。

「どういうこと？」

「この扉《とびら》が勝手《かって》に閉《し》まったのは貴子《たかこ》と彩香《あやか》がいなくなった直後《ちょくご》だ。五人全員《ごにんぜんいん》が揃《そろ》わねぇと、次《つぎ》に進《すす》めねぇんだよきっと」

「それなら貴子《たかこ》を連《つ》れてこなきゃ！」

美恵《みえ》が言《い》う。

「そんな、貴子《たかこ》はあんなに怯《おび》えてたんだよ？　あのまま参加《さんか》させたら、怪我《けが》だけじゃ終《お》わらないかもしれない！」

私《わたし》は美恵《みえ》の足首《あしくび》へ視線《しせん》を向《む》けた。

丁寧《ていねい》に包帯《ほうたい》が巻《ま》かれているその下《した》には傷口《きずぐち》がある。

私《わたし》だって女《おんな》の幽霊《ゆうれい》に首《くび》を絞《し》められてあやうく死《し》んでしまうところだった。

同《おな》じような危険《きけん》が迫《せま》ってきたとき、貴子《たかこ》がひとりで逃《に》げ切《き》れるとは思《おも》えない。

「そんなこと言《い》ってたらここから永遠《えいえん》に出《で》られねぇかもしれねぇぞ？」

有《ゆう》の答《こた》えに私《わたし》は言葉《ことば》を失《うしな》ってしまった。

出《で》られなければ、生《い》き延《の》びられる保証《ほしょう》はない。

このまま棒立《ぼうだ》ちになっていれば、いずれ餓死《がし》してしまうだろう。

「私《わたし》、貴子《たかこ》を呼《よ》んでくる」

美恵《みえ》がそう言《い》い、早足《はやあし》で多目的《たもくてき》トイレへと向《む》かったのだった。

☆☆☆

美恵《みえ》が貴子《たかこ》を連《つ》れて戻《もど》ってきたとき、扉《とびら》がゴゴゴッと低《ひく》い音《おと》を立《た》てて開《ひら》き出《だ》した。

映画《えいが》の音《おと》が廊下《ろうか》に漏《も》れてきて、みんなが説明《せつめい》していたことが本当《ほんとう》だったんだとわかった。

「やっぱり、俺《おれ》の勘《かん》は当《あ》たってたな」

有《ゆう》がホウキを握《にぎ》り直《なお》して言《い》った。

「貴子《たかこ》、大丈夫《だいじょうぶ》？」

「は、はい」

うなずいているものの、その顔色《かおいろ》は誰《だれ》よりも悪《わる》い。

私《わたし》は貴子《たかこ》の背中《せなか》をなでて「大丈夫《だいじょうぶ》だからね」と耳打《みみう》ちする。

それで少《すこ》しでも貴子《たかこ》の気分《きぶん》が明《あか》るくなればいいと思《おも》って。

「よし、行《い》こうか」

拓也《たくや》が覚悟《かくご》を決《き》めたように扉《とびら》に手《て》をかけて大《おお》きく開《ひら》いた。

このままここにいても、前回《ぜんかい》みたいに誰《だれ》かに背中《せなか》を押《お》されて中《なか》に誘導《ゆうどう》されるんだろう。

それなら、自分《じぶん》の意思《いし》で入《はい》った方《ほう》がマシだった。

「またホラー映画《えいが》だ」

私《わたし》はぽつりとつぶやく。

スクリーンに映《うつ》し出《だ》されていたのは化《ば》け物《もの》でも幽霊《ゆうれい》でもなく、猟奇的殺人鬼《りょうきてきさつじんき》が出《で》てくるホラー映画《えいが》だった。

「この映画《えいが》に出《で》てくる犯人《はんにん》は子供《こども》の目玉《めだま》を集《あつ》める男《おとこ》だったはずだ」

有《ゆう》が映画《えいが》のワンシーンを見《み》ただけですぐに言《い》った。

男《おとこ》の手《て》には刃物《はもの》が握《にぎ》られていて、それを子供《こども》の目玉《めだま》に突《つ》き刺《さ》して引《ひ》きずり出《だ》すのだ。

私《わたし》も途中《とちゅう》まで見《み》たことがあるけれど、あまりに残酷《ざんこく》で最後《さいご》まで見《み》ることはできなかった。

「次《つぎ》は誰《だれ》のアイテムだ？」

有《ゆう》が聞《き》いてくるが、映像《えいぞう》の男《おとこ》の体《からだ》にそれらしいものはついていない。

きっとスクリーンから出《で》てきたときにアイテムも出現《しゅつげん》しているんだ。

「俺《おれ》か彩香《あやか》か、どっちかのものだろうな」

拓也《たくや》に言《い》われてドキリとする。

残《のこ》っているのは私《わたし》たちふたりだけだから、そのはずだ。

自分《じぶん》の番《ばん》かもしれないと思《おも》うと、また全身《ぜんしん》に冷《ひ》や汗《あせ》が噴《ふ》き出《だ》してきた。

緊張《きんちょう》でかすかに指先《ゆびさき》が震《ふる》える。

こんなことであの男《おとこ》に立《た》ち向《む》かえるだろうか？

不安《ふあん》を感《かん》じたとき、隣《となり》にいた貴子《たかこ》が私《わたし》の手《て》を握《にぎ》りしめてきた。

「きっと大丈夫《だいじょうぶ》ですよ。私《わたし》に言《い》われても説得力《せっとくりょく》はないと思《おも》いますけど」

怖《こわ》いのに無理《むり》をして微笑《ほほえ》んでいる。

その笑顔《えがお》を見《み》ているとこちらも自然《しぜん》と笑顔《えがお》になることができた。

さっきとは逆《ぎゃく》の立場《たちば》になっていて、少《すこ》しだけおかしくなる。

「ありがとう貴子《たかこ》」

お礼《れい》を言《い》って微笑《ほほえ》んだ瞬間《しゅんかん》だった。

「来《く》るぞ!!」

拓也《たくや》の声《こえ》が聞《き》こえてくるのとほぼ同時《どうじ》に、スクリーンが裂《さ》ける音《おと》が響《ひび》き渡《わた》った。

ハッとして視線《しせん》を向《む》けると刃物《はもの》を持《も》った男《おとこ》がスクリーンから飛《と》び出《だ》してきたところだ。

私《わたし》と貴子《たかこ》は咄嗟《とっさ》に身《み》をかがめて椅子《いす》の間《あいだ》に隠《かく》れた。

「ヒャハハ！　子供《こども》はどこだ！　子供《こども》の目玉《めだま》をいただきに来《き》たぞ！」

今度《こんど》の相手《あいて》は人間《にんげん》だ。

大《おお》きな笑《わら》い声《ごえ》を上《あ》げ、楽《たの》しそうに子供《こども》を探《さが》している。

今《いま》までの化《ば》け物《もの》や幽霊《ゆうれい》みたいにおびき寄《よ》せてアイテムを手《て》に入《い》れる方法《ほうほう》が通用《つうよう》するかどうかもわからない。

「貴子《たかこ》はここにいて。私《わたし》はアイテムがなんなのか確認《かくにん》してくる」

私《わたし》は小声《こごえ》でそう言《い》った後《あと》、中腰《ちゅうごし》になって様子《ようす》をうかがった。

男《おとこ》は早《はや》くも客席《きゃくせき》の中央《ちゅうおう》にいて、通路《つうろ》をくまなく探《さが》して回《まわ》っている。

他《ほか》の化《ば》け物《もの》たちと違《ちが》って知恵《ちえ》があるあたり、攻略《こうりゃく》が難《むずか》しそうだ。

だけどここからじゃアイテムがどこにあるのかわからない。

私《わたし》は音《おと》を立《た》てないように膝《ひざ》をつき、男《おとこ》へ近《ちか》づいていく。

「彩香《あやか》」

突如《とつじょ》、後《うし》ろから小《ちい》さな声《こえ》をかけられて振《ふ》り向《む》くと、そこには私《わたし》と同《おな》じように椅子《いす》の陰《かげ》に隠《かく》れながら移動《いどう》する拓也《たくや》の姿《すがた》があった。

「拓也《たくや》」

「彩香《あやか》、何《なに》をするつもりなんだ？」

「アイテムがなんなのか確認《かくにん》しなきゃいけないと思《おも》って」

「俺《おれ》もそう思《おも》った。でもひとりで行《い》くのは危険《きけん》だぞ」

今回《こんかい》は相手《あいて》も武器《ぶき》を持《も》っているから太刀打《たちう》ちできる自信《じしん》はなかった。

だからこそ、こうしてここで拓也《たくや》に声《こえ》をかけてもらえたことが心強《こころづよ》かった。

「それなら拓也《たくや》はここで待機《たいき》して、何《なに》かあったら助《たす》けてくれる？」

そうすれば相手《あいて》をおびき寄《よ》せる必要《ひつよう》もない。

他《ほか》のみんなも同《おな》じように協力《きょうりょく》してくれればいいけれど、今《いま》、意思疎通《いしそつう》がはかれるのは近《ちか》くにいる拓也《たくや》だけだった。

「それじゃ、行《い》ってくるね」

「あ、おい、彩香《あやか》！」

私《わたし》は後《うし》ろから声《こえ》をかけてくる拓也《たくや》をその場《ば》に残《のこ》して再《ふたた》び中腰《ちゅうごし》になり、一気《いっき》に男《おとこ》へと近《ちか》づいた。

男《おとこ》は私《わたし》がいる通路《つうろ》から離《はな》れた通路《つうろ》を歩《ある》いているので、ここにいることがバレても距離《きょり》がある。

私《わたし》は覚悟《かくご》を決《き》めて勢《いきお》いよく立《た》ち上《あ》がった。

その瞬間《しゅんかん》、男《おとこ》と視線《しせん》がぶつかる。

途端《とたん》に男《おとこ》の顔《かお》がグニャリと歪《ゆが》んで見《み》えたけれど、それは単《たん》に笑《わら》っているだけだった。

「ヒャハハハハ！　いたいたいた子供子供子供子供《こどもこどもこどもこども》!!」

歓喜《かんき》しながら叫《さけ》び、椅子《いす》の上《うえ》をジャンプし、一気《いっき》に距離《きょり》を縮《ちぢ》めてくる。

まさかそんな動《うご》き方《かた》をするとは思《おも》っていなくて逃《に》げ遅《おく》れてしまった。

気《き》がつけば目《め》の前《まえ》に男《おとこ》がいて、その首《くび》から銀色《ぎんいろ》のペンダントが下《さ》がっているのが見《み》えた。

あっ。

と思《おも》った次《つぎ》の瞬間《しゅんかん》には、男《おとこ》の持《も》つ刃物《はもの》が頭上《ずじょう》に振《ふ》り上《あ》げられていた。

ダメだ。

このままじゃ……

持《も》っていたホウキを使《つか》う暇《ひま》もなくやられると絶望《ぜつぼう》したとき、横《よこ》からモップが突《つ》き出《だ》されて男《おとこ》の腹部《ふくぶ》を直撃《ちょくげき》した。

「彩香《あやか》！　逃《に》げるぞ！」

その声《こえ》に我《われ》に返《かえ》り、拓也《たくや》と共《とも》に走《はし》り出す。

男《おとこ》は腹部《ふくぶ》を押《お》さえてうずくまっている。

その間《あいだ》にまた椅子《いす》の隙間《すきま》に身《み》を滑《すべ》り込《こ》ませた。

はぁはぁと息《いき》が切《き》れて冷《ひ》や汗《あせ》が背中《せなか》を伝《つた》っていく。

あと少《すこ》しで私《わたし》も目玉《めだま》を取《と》られるところだったと思《おも》うと、全身《ぜんしん》が凍《こお》りついた。

「アイテムはなんだった？」

その質問《しつもん》に私《わたし》はゴクリと唾《つば》を飲《の》み込《こ》んだ。

さっきから喉《のど》がカラカラだ。

「ペンダント。あれは私《わたし》が持《も》ってたものだよ」

丸《まる》いペンダントトップは開《ひら》くようになっていて、その中《なか》には写真《しゃしん》を入《い》れていた。

どんな写真《しゃしん》を入《い》れていたのかはもう覚《おぼ》えていないけれど、あのペンダントを持《も》っていたことは覚《おぼ》えている。

でもどうしてだろう？

あれを持《も》っていたのはかなり昔《むかし》の話《はなし》で、今《いま》はもう手元《てもと》にない。

今《いま》、現物《げんぶつ》を見《み》て思《おも》い出《だ》したくらいだ。

思《おも》えば今《いま》まで出《で》てきたみんなのアイテムも、昔《むかし》のものだったはずだ。

「彩香《あやか》、どうした？」

「ううん。なんでもない」

左右《さゆう》に首《くび》を振《ふ》って自分《じぶん》の考《かんが》えを一旦横《いったんよこ》へ置《お》いておく。

今《いま》はそんなことを考《かんが》えている暇《ひま》はない。

アイテムは自分《じぶん》のものだったから、また自分《じぶん》が行《い》くしかないんだから。

そう思《おも》ったときだった。

「キャア‼」

悲鳴《ひめい》が聞《き》こえてきて拓也《たくや》と共《とも》に咄嗟《とっさ》に立《た》ち上《あ》がっていた。

見《み》ると男《おとこ》が椅子《いす》の陰《かげ》に隠《かく》れた貴子《たかこ》を見《み》つけて襲《おそ》いかかっている。

「誰《だれ》か！　助《たす》けて‼」

貴子《たかこ》は必死《ひっし》にモップを振《ふ》り回《まわ》して男《おとこ》から距離《きょり》をとっているけれど、男《おとこ》はモップが体《からだ》に当《あ》たることなんて気《き》にしていない。

ずんずん距離《きょり》を縮《ちぢ》めた男《おとこ》は右手《みぎて》を伸《の》ばすと貴子《たかこ》のモップをつかみ、それを片手《かたて》で奪《うば》い取《と》ってしまった。

「あっ」

貴子《たかこ》が唖然《あぜん》としている間《あいだ》にモップは勢《いきお》いよく投《な》げ捨《す》てられ、スクリーン近《ちか》くでカランッと落《らっ》下《か》する音《おと》が聞《き》こえてくる。

「あ……あ……」

貴子《たかこ》は真《ま》っ青《あお》になり全身《ぜんしん》がガクガクと震《ふる》え始《はじ》める。

蛇《へび》に睨《にら》まれたカエルのように動《うご》けなくなってしまった貴子《たかこ》が、視線《しせん》だけをこちらに向《む》けた。

「た……助《たす》けて……」

「貴子《たかこ》！」

枯《か》れそうな声《こえ》で助《たす》けを求《もと》められた私《わたし》は、椅子《いす》を飛《と》び越《こ》えるようにして一気《いっき》に移動《いどう》した。

「彩香《あやか》、ひとりで行《い》くな！」

拓也《たくや》がすぐ後《あと》をついてくる。

だけどこのままじゃ間《ま》に合《あ》わない！

貴子《たかこ》と男《おとこ》の距離《きょり》はもう一メートルもない。

男《おとこ》が手《て》を伸《の》ばせば、貴子《たかこ》に届《とど》いてしまう！

男《おとこ》が刃物《はもの》を振《ふ》り上《あ》げたその瞬間《しゅんかん》だった。

「ふざけんなよ!!」

有《ゆう》が後《うし》ろから貴子《たかこ》の体《からだ》を抱《だ》きしめるようにして床《ゆか》へと倒《たお》れ込《こ》んだのだ。

刃物《はもの》の刃先《はさき》が貴子《たかこ》の頬《ほほ》を切《き》ったが、目《め》に当《あ》たることはなかった。

「お前《まえ》はどこまでトロイんだよ！　走《はし》れ!!」

有《ゆう》が怒鳴《どな》りながら貴子《たかこ》の手《て》を引《ひ》いて駆《か》け出した。

「ヒャハハハハ！　子供《こども》が沢山《たくさん》子供《こども》が沢山《たくさん》子供《こども》が沢山《たくさん》！」

男《おとこ》が歓喜《かんき》の雄叫《おたけ》びを上《あ》げて踊《おど》り出《だ》す。

そのたびに首《くび》からぶら下《さ》がったペンダントが左右《さゆう》に揺《ゆ》れてキラキラと光《ひか》った。

「全員俺《ぜんいんおれ》のものだ！　全員《ぜんいん》の目玉《めだま》をくり抜《ぬ》くまで終《お》わらないからなぁ！」

男《おとこ》は子供《こども》に逃《に》げきられるとは思《おも》っていないようで、余裕《よゆう》の笑《え》みを浮《う》かべている。

だけど私《わたし》たちだって簡単《かんたん》に捕《つか》まる気《き》はない。

有《ゆう》が逃《に》げた先《さき》には美恵《みえ》がいた。

美恵《みえ》はふたりが走《はし》り去《さ》っていった直後《ちょくご》に陰《かげ》からホウキの柄《え》を通路《つうろ》へと突《つ》き出した。

子供《こども》の姿《すがた》しか見《み》えていない男《おとこ》が勢《いきお》いよく通路《つうろ》を走《はし》り、そのホウキにつまずいて派手《はで》にこけた。

「グフ!!」

激《はげ》しい転倒音《てんとうおん》と共《とも》に刃物《はもの》が手《て》から離《はな》れる。

「今《いま》しかない!!」

私《わたし》は男《おとこ》の背後《はいご》へ向《む》けて全力《ぜんりょく》で走《はし》った。

男《おとこ》が顔《かお》をしかめながら、両手《りょうて》を床《ゆか》について体《からだ》を起《お》こそうとしている。

男《おとこ》が起《お》き上《あ》がるより先《さき》にペンダントを取《と》らないと、立《た》ち上《あ》がられたら手《て》が届《とど》かなくなる!!

必死《ひっし》に走《はし》って走《はし》って、これほど全力《ぜんりょく》で走《はし》ったことなんてきっと今《いま》まで一度《いちど》もない。

体育祭《たいいくさい》のリレーでも、授業《じゅぎょう》のマラソンでも、こんなに頑張《がんば》ったことはない。

心臓《しんぞう》がバクバクして汗《あせ》は噴《ふ》き出《だ》し、呼吸《こきゅう》は乱《みだ》れてうまく空気《くうき》を吸《す》い込《こ》むことができなくなった。

それでも足《あし》は止《と》めない。

前《まえ》へ、前《まえ》へ、前《まえ》へ!

男《おとこ》が異常《いじょう》に気《き》がついて振《ふ》り向《む》く寸前《すんぜん》、私《わたし》の両手《りょうて》は男《おとこ》の首《くび》にかかっていた。

ペンダントのチェーンをつかみそのまま引《ひ》きちぎろうとすると、男《おとこ》が立《た》ち上《あ》がって中腰《ちゅうごし》になった。

「キャア!」

私《わたし》は男《おとこ》の背中《せなか》にのしかかるようにして持《も》ち上《あ》げられる。

それでもペンダントのチェーンは離《はな》さなかった。

男《おとこ》の首《くび》にチェーンが食《く》い込《こ》み「ぐっ……うっ」と、小《ちい》さなうめき声《ごえ》が聞《き》こえてくる。

頼《たの》むから、ちぎれて！

祈《いの》るような気持《きも》ちでチェーンを引《ひ》っ張《ぱ》る。

引《ひ》っ張《ぱ》る、引《ひ》っ張《ぱ》る、引《ひ》っ張《ぱ》る！

ブチンッ！

頑丈《がんじょう》なチェーンが壊《こわ》れて私《わたし》の体《からだ》が床《ゆか》へと落下《らっか》した。

「やった……！」

声《こえ》を上《あ》げたのは間近《まぢか》で見《み》ていた美恵《みえ》だ。

美恵《みえ》が通路《つうろ》へ出《で》てきたとき、男《おとこ》は足先《あしさき》からボロボロに崩《くず》れ始《はじ》めた。

「あぁ……くそっくそっ！　すぐそばに子供《こども》がいるのにぃ!!」

男《おとこ》の悲痛《ひつう》な叫《さけ》び声《ごえ》は徐々《じょじょ》に小《ちい》さくなって、最後《さいご》には灰《はい》も残《のこ》さずに消《き》えていったのだった。

4　アイテム確認《かくにん》

男《おとこ》が完全《かんぜん》に消《き》えた後《あと》、私《わたし》たちはホールへと移動《いどう》してきていた。

外《そと》はまだ暗《くら》くて、スマホで時間《じかん》を確認《かくにん》すると真夜中《まよなか》の一時《いちじ》ということがわかった。

もうすでに何日《なんにち》も経過《けいか》しているように感《かん》じるけれど、ここへ来《き》てから七時間《しちじかん》くらいしか経過《けいか》していないみたいだ。

疲労《ひろう》で鉛《なまり》のように重《おも》たくなった体《からだ》をリノリウムの床《ゆか》に横《よこ》たえると、ヒヤリとして心地《ここち》いい。

目《め》を閉《と》じればこのまま眠《ねむ》ってしまいそうだ。

「アイテムを確認《かくにん》していこうか」

私《わたし》の頭《あたま》を覚醒《かくせい》させるようにそう提案《ていあん》したのは拓也《たくや》だった。

残《のこ》るスクリーンは五番目《ごばんめ》のみ。

そして残《のこ》っているのは拓也《たくや》ひとりという状況《じょうきょう》で、少《すこ》し整理《せいり》するつもりらしい。

「最初《さいしょ》は貴子《たかこ》。アイテムはうさぎのぬいぐるみだったよな？」

「はい」

貴子《たかこ》がうさぎのぬいぐるみをみんなの中央《ちゅうおう》に置《お》く。

貴子《たかこ》はさっき刃物《はもの》で頬《ほほ》を切《き》られていたけれど、すでに血《ち》は止《と》まっているし傷《きず》は浅《あさ》いみたいだから心配《しんぱい》なさそうだ。

「次《つぎ》は有《ゆう》。星型《ほしがた》のバッジ」

「これだ」

有《ゆう》はぬいぐるみの横《よこ》に自分《じぶん》のアイテムを置《お》いた。

手作《てづく》り感《かん》のあるバッジで、幼《おさな》い頃《ころ》の有《ゆう》が作《つく》ったことがわかった。

「それから美恵《みえ》のミサンガ」

「これね」

カラフルなミサンガも美恵《みえ》の手作《てづく》りかもしれない。

派手《はで》な蛍光色《けいこうしょく》が使《つか》われていて、それは美恵《みえ》がいつも持《も》ち歩《ある》いている私物《しぶつ》でもよく見《み》かける色《いろ》だ。

昔《むかし》からこういう色合《いろあ》いのものが好《す》きだった。

「最後《さいご》は彩香《あやか》のペンダント」

「うん。でもこれには写真《しゃしん》も入《はい》ってるの」

私《わたし》はみんなのアイテムの横《よこ》に自分《じぶん》のアイテムを置《お》いて説明《せつめい》した。

まだ、ペンダントを開《ひら》いて確認《かくにん》はしていない。

「誰《だれ》の写真《しゃしん》を入《い》れてるんだ？」

「もう覚《おぼ》えてないの」

拓也《たくや》からの質問《しつもん》に私《わたし》は素直《すなお》に答《こた》えた。

そしてペンダントを手《て》に取《と》る。

「開《ひら》いてみてよ」

「そうだね」

美恵《みえ》の言葉《ことば》にうなずいてペンダントの隙間《すきま》に爪《つめ》を差《さ》し込《こ》み、少《すこ》しだけ力《ちから》を込《こ》める。

ペンダントはすぐにカチッと音《おと》を立《た》てて開《ひら》いた。

中央《ちゅうおう》に小《ちい》さなくぼみがあり、そこに写真《しゃしん》がはめ込《こ》まれている。

「これって……」

その写真《しゃしん》を見《み》て私《わたし》は戸惑《とまど》った。

見覚《みおぼ》えのある写真《しゃしん》。

だけどなんだか、違和感《いわかん》がある気《き》もする。

「どんな写真《しゃしん》だった？」

拓也《たくや》に聞《き》かれて、私《わたし》はペンダントを手渡《てわた》した。

「これって、小学校《しょうがっこう》の頃《ころ》の俺《おれ》たちじゃないか」

「うん。そうみたい」

ペンダントの中《なか》の写真《しゃしん》には小学校時代《しょうがっこうじだい》の五人《ごにん》が写《うつ》っていて、みんなの年齢《ねんれい》は二年生《にねんせい》か三年生《さんねんせい》くらいに見《み》える。

胸《むね》にネームがついているけれど、写真《しゃしん》が小《ちい》さすぎて読《よ》めない。

「あれ？　でも……」

ペンダントが拓也《たくや》の手《て》から貴子《たかこ》へ回《まわ》ったとき、貴子《たかこ》も何《なに》か感《かん》じたようで眉根《まゆね》を寄《よ》せる。

写真《しゃしん》は古《ふる》くなっていてシミがつき、人《ひと》の顔《かお》がようやく判別《はんべつ》できるくらいのものだった。

背景《はいけい》に当《あ》たる部分《ぶぶん》にも大《おお》きなシミができていて、その奥《おく》に誰《だれ》かが立《た》っているように見《み》える。

だけど、それが誰《だれ》なのかわからない。

木《き》や電柱《でんちゅう》などではない、人《ひと》の形《かたち》をしたものにしか見《み》えなかった。

「私《わたし》たち五人《ごにん》ですよね？　でもこのシミの下《した》にも誰《だれ》かいるような気《き》がするんですけど……」

「それ、ウチも思《おも》った！」

貴子《たかこ》の意見《いけん》に美恵《みえ》がすぐに賛成《さんせい》する。

その写真《しゃしん》には私《わたし》たち以外《いがい》の六人目《ろくにんめ》が写《うつ》っているのだ。

「これ誰《だれ》なんだ？」

有《ゆう》が眉間《みけん》にシワを寄《よ》せてつぶやく。

小学校時代《しょうがっこうじだい》のことを思《おも》い出《だ》してみても、五人《ごにん》で一緒《いっしょ》にいる思《おも》い出《で》ばかりがよみがえってくる。

恐怖《きょうふ》のせいか、お世話《せわ》になった先生《せんせい》たちの顔《かお》もすぐには思《おも》い出《だ》すことができない。

今《いま》はすべてが記憶《きおく》の中《なか》でボヤけてしまっていた。

「思《おも》い出《だ》せない」

自分《じぶん》の元《もと》へ戻《もど》ってきたペンダントを握《にぎ》りしめて私《わたし》はつぶやいた。

胸《むね》のあたりがチクチクと痛《いた》んでいるのは、大切《たいせつ》なことを忘《わす》れてしまっているからだろうか。

「とにかく、アイテムは全部《ぜんぶ》みんなが持《も》っていたもので間違《まちが》いないいんだよな？」

気《き》を取《と》り直《なお》すように拓也《たくや》が他《ほか》のメンバーを見回《みまわ》して質問《しつもん》した。

「あぁ、間違《まちが》いないぜ」

「ウチも。このミサンガは自分《じぶん》で初《はじ》めて作《つく》ったヤツだから、覚《おぼ》えてる」

貴子《たかこ》もうんうんとうなずいている。

「でもおかしいんだよね。このペンダントはいつの間《ま》にか失《な》くしちゃってて、失《な》くしたことも覚《おぼ》えてなかったの」

私《わたし》はペンダントを見《み》つめて言《い》った。

「あ、それウチもかも。これは最初《さいしょ》に作《つく》ったミサンガだけど、その後《あと》も沢山《たくさん》作《つく》って、最終的《さいしゅうてき》にはどこにいったのかわからなくなってたんだよね」

「俺《おれ》もだ。学校《がっこう》の授業《じゅぎょう》で作《つく》ったバッジだけど、いつの間《ま》にか失《な》くしてた」

「わ、私《わたし》もです」

有《ゆう》と貴子《たかこ》も同《おな》じようにいつ頃《ごろ》失《な》くしたのかもわからないものだと言《い》う。

ここまで一致《いっち》していれば、何《なに》かヒントになりそうな気《き》がする。

「みんなに忘《わす》れられた持《も》ち物《もの》か……」

拓也《たくや》がそうつぶやいたとき、ふと心《こころ》にひっかかるものを感《かん》じた。

私《わたし》たちはこの持《も》ち物以外《ものいがい》にも何《なに》か忘《わす》れていることがあるんじゃないだろうかと思《おも》ったのだ。

だけど考《かんが》えてみても何《なに》を忘《わす》れているのかわからない。

記憶《きおく》の奥底《おくそこ》で眠《ねむ》り込《こ》んでしまったものは、そう簡単《かんたん》に呼《よ》び覚《さ》ますことはできない。

そのとき、ふいに耳元《みみもと》に息《いき》を吹《ふ》きかけられて「キャッ!?」と短《みじか》く悲鳴《ひめい》を上《あ》げた。

隣《となり》にいる美恵《みえ》を睨《にら》みつけて「ちょっと、今《いま》そういう冗談《じょうだん》やめてよ」と文句《もんく》を言《い》う。

けれど美恵《みえ》はキョトンとした表情《ひょうじょう》で「なんのこと？」と、首《くび》をかしげた。

「美恵《みえ》じゃないの？」

「だから、なんのことって聞《き》いてんの」

イライラした様子《ようす》の美恵《みえ》を見《み》ると嘘《うそ》をついていないことがわかる。

でも他《ほか》に私《わたし》の隣《となり》に座《すわ》っている人《ひと》はいなくて、ゾッとした。

私《わたし》たち以外《いがい》の六人目《ろくにんめ》。

そんな言葉《ことば》が浮《う》かんでくる。

「これだけじゃ何《なに》もわからねぇ。でも、最後《さいご》に出《で》てくる化《ば》け物《もの》を予測《よそく》することならできる」

私《わたし》たちのやりとりに気《き》がついていないのか、有《ゆう》が話《はなし》を先《さき》に進《すす》めた。

「予測《よそく》なんてできるの？」

聞《き》くと有《ゆう》はうなずいた。

「今《いま》まで上映《じょうえい》されてきた映画《えいが》は全部《ぜんぶ》同《おな》じ監督《かんとく》の作品《さくひん》だ。主《おも》に化《ば》け物《もの》や幽霊《ゆうれい》、猟奇的《りょうきてき》殺人鬼《さつじんき》を使《つか》ったホラーだ」

「そうだったんですね」

貴子《たかこ》が感心《かんしん》したように言《い》う。

さすがホラー好《ず》きな有《ゆう》だ。

私《わたし》はそんなこと全然気《ぜんぜんき》がつかなかった。

「同《おな》じ監督《かんとく》のホラー作品《さくひん》は他《ほか》にもある。ガイコツが動《うご》き出《だ》すヤツとか、ゾンビものとかな」

「次《つぎ》は何《なに》が来《く》ると思《おも》う？」

拓也《たくや》が前《まえ》のめりになって質問《しつもん》する。

スクリーンから出《で》てくる化《ば》け物《もの》の正体《しょうたい》が最初《さいしょ》からわかっていれば、先手《せんて》を取《と》ることができるかもしれない。

「まだ出《で》てきてないゾンビだと思《おも》う。ガイコツを使《つか》った映画《えいが》はコミカルでギャグ要素《ようそ》が強《つよ》かったから、除外《じょがい》していいと思《おも》うんだ」

ゾンビと聞《き》いて背筋《せすじ》が寒《さむ》くなった。

ゾンビといえば死者《ししゃ》がよみがえって徘徊《はいかい》し、人間《にんげん》を食《く》らう物語《ものがたり》が多《おお》い。

そしてゾンビに噛《か》まれた人間《にんげん》もまた、ゾンビになってしまう。

私《わたし》が一番怖《いちばんこわ》いと思《おも》う感染系《かんせんけい》のホラー作品《さくひん》だ。

「ゾンビってことは、攻撃《こうげき》されたらゾンビになるのかな？」

美恵《みえ》も同《おな》じ不安《ふあん》を抱《だ》いていたみたいだ。

「そこまではわからねぇ。だけどもし感染《かんせん》するとしたら、とんでもねぇことになるぞ」

有《ゆう》がかさかさに乾燥《かんそう》した唇《くちびる》を舌《した》でなめて言《い》った。

「この密室《みっしつ》で、五人《ごにん》しかいない中《なか》でゾンビウイルスが広《ひろ》まれば、一気《いっき》に全滅《ぜんめつ》する」

「全滅《ぜんめつ》……」

有《ゆう》の言葉《ことば》を復唱《ふくしょう》したものの、そのまま黙《だま》り込《こ》んでしまった。

それは一番《いちばん》さけたい最悪《さいあく》の事態《じたい》だ。

誰《だれ》ひとりとしてここから出《で》られずに死《し》んでしまうなんて、想像《そうぞう》もしたくない。

みんなが黙《だま》り込《こ》んだとき、五番目《ごばんめ》のスクリーンから音《おと》が漏《も》れ聞《き》こえてきていることに気《き》がついた。

ハッと息《いき》を呑《の》んで拓也《たくや》を見《み》る。

「次《つぎ》は俺《おれ》の番《ばん》だから」

拓也《たくや》が険《けわ》しい表情《ひょうじょう》で立《た》ち上《あ》がる。

「い、行《い》くのか？」

有《ゆう》が聞《き》くと拓也《たくや》はうなずいた。

「次《つぎ》で最後《さいご》なんだ。行《い》くしかない」

できればずっとここにいたい。もう怖《こわ》い思《おも》いなんてしたくない。

だけど、全員《ぜんいん》で行《い》かなきゃ終《お》わりは来《こ》ない。

私《わたし》は重《おも》たい体《からだ》を無理《むり》やり持《も》ち上《あ》げるようにして立《た》ち上《あ》がる。

「これで最後《さいご》なんだよね？」

美恵《みえ》が誰《だれ》にともなく質問《しつもん》する。

私《わたし》は大《おお》きくうなずいた。

「この映画館《えいがかん》の上映室《じょうえいしつ》は五部屋《ごへや》。私《わたし》たちは五人《ごにん》。これで終《お》わりに決《き》まってる」

これが終《お》われば外《そと》に出《で》られる。

家《いえ》に帰《かえ》ることができるんだ!!

5　最終《さいしゅう》スクリーン

五番目《ごばんめ》のスクリーンへ近《ちか》づいたとき、その扉《とびら》は少《すこ》しだけ開《ひら》いていた。

そして他《ほか》の上映室《じょうえいしつ》の扉《とびら》は完全《かんぜん》に閉《と》ざされている。

これまでと同《おな》じ状況《じょうきょう》だ。

拓也《たくや》が扉《とびら》の前《まえ》で立《た》ち止《ど》まり、大《おお》きく深呼吸《しんこきゅう》をした。

スクリーンの中《なか》にいる化《ば》け物《もの》がなんなのか確《たし》かめるのが恐《おそ》ろしくて、私《わたし》はうつむいてしまった。

廊下《ろうか》に敷《し》き詰《つ》められている赤《あか》いカーペットが見《み》える。

「行《い》こう」

拓也《たくや》が覚悟《かくご》を決《き》めたように言《い》い、私《わたし》たちはホウキなどの武器《ぶき》を握《にぎ》りしめて最後《さいご》の上映室《じょうえいしつ》に入《はい》ったのだった。

画面《がめん》に映《うつ》っていたのは緑色《みどりいろ》の芝生《しばふ》だった。

広場《ひろば》で何《なに》かのイベントが開催《かいさい》されている場面《ばめん》のようで、化《ば》け物《もの》の姿《すがた》はまだ出《で》てきていない。

「一応映写室《いちおうえいしゃしつ》を確認《かくにん》してきたけど、誰《だれ》もいなかったよ」

スクリーンに目《め》を奪《うば》われている間《あいだ》に美恵《みえ》がそう声《こえ》をかけてきた。

「そっか、ありがとう」

この映画《えいが》も今《いま》までと同《おな》じで自動的《じどうてき》に上映《じょうえい》が開始《かいし》されたみたいだ。

またスクリーンへ視線《しせん》を戻《もど》すと、広場《ひろば》に沢山《たくさん》の子供《こども》たちの姿《すがた》が映《うつ》った。

みんな楽《たの》しそうに遊《あそ》んでいる。

「有《ゆう》、この映画《えいが》に見覚《みおぼ》えは？」

「いや、よくわからねぇ」

質問《しつもん》すると有《ゆう》は焦《あせ》ったように首《くび》を左右《さゆう》に振《ふ》って答《こた》えた。

見覚《みおぼ》えがないということは、今回《こんかい》は別《べつ》の監督《かんとく》の作品《さくひん》なんだろうか？

「あの子《こ》、なんか変《へん》じゃないか？」

スクリーン上《じょう》の異変《いへん》に気《き》がついたのは拓也《たくや》だった。

拓也《たくや》が指差《ゆびさ》しているところを見《み》てみると、小学校三年生《しょうがっこうさんねんせい》くらいの男《おとこ》の子《こ》が立《た》っている。

その子《こ》はずっと立《た》ち尽くしていて、他《ほか》の子《こ》たちのように遊《あそ》んだりしていない。

そしてその姿《すがた》が徐々《じょじょ》にこちらへ近《ちか》づいてきているのだ。

「有《ゆう》、あの男《おとこ》の子《こ》が出《で》てる映画《えいが》がわかる？」

「知《し》らねぇ！　こんな映画《えいが》、見《み》たことねぇ！」

単純《たんじゅん》に有《ゆう》が覚《おぼ》えていないだけかもしれないけれど、わからないのなら敵《てき》の出方《でかた》もわからないということだ。

スクリーンの中《なか》の男《おとこ》の子《こ》は足《あし》を動《うご》かすことなく、スースーと滑《すべ》るようにこちらへ近《ちか》づいてくる。

その姿《すがた》は時折《ときおり》ノイズで乱《みだ》れて、グニャリと曲《ま》がる。

「ね、ねぇ……なんか今《いま》までよりも危険《きけん》な気《き》がするんだけど」

美恵《みえ》が後退《あとずさ》りして言《い》った。

今《いま》までの化《ば》け物《もの》や幽霊《ゆうれい》と違《ちが》って、今回《こんかい》は私《わたし》たちより小《ちい》さな子供《こども》だ。

体《からだ》はノイズまみれで今《いま》にも消《き》えてしまいそうなのに、圧倒的《あっとうてき》な威圧感《いあつかん》がある。

一度《いちど》視線《しせん》を向《む》けると、そこから目《め》を離《はな》せなくなる。

「とにかく、隠《かく》れなきゃ！」

無理《むり》やりスクリーンから視線《しせん》をはがして叫《さけ》ぶ。

男《おとこ》の子《こ》の姿《すがた》はスクリーンに大写《おおうつ》しになっていて、今《いま》すぐにでも突《つ》き破《やぶ》って出《で》てきてしまいそうだ。

私《わたし》たちは椅子《いす》の間《あいだ》の狭《せま》い通路《つうろ》にしゃがみ込《こ》んで身《み》を隠《かく》した。

と、次《つぎ》の瞬間《しゅんかん》だった。

バリッと音《おと》がしてスクリーンから男《おとこ》の子《こ》が姿《すがた》を見《み》せた。

そのとき客席全体《きゃくせきぜんたい》に冷《つめ》たい空気《くうき》が流《なが》れるのを感《かん》じた。

凍《こお》りつくような寒《さむ》さに息《いき》が白《しろ》くなる。

美恵《みえ》がしゃがみ込《こ》んだ状態《じょうたい》で自分《じぶん》の体《からだ》を抱《だ》きしめるのが見《み》えた。

中腰《ちゅうごし》になって男《おとこ》の子《こ》の様子《ようす》を確認《かくにん》してみると、スクリーンの中《なか》にいたときと同様《どうよう》に滑《すべ》るように通路《つうろ》を歩《ある》いていく。

そしてその姿《すがた》はやはり時折《ときおり》ノイズが入《はい》って乱《みだ》れていた。

「あれは幽霊《ゆうれい》？」

「わからない」

美恵《みえ》からの質問《しつもん》に私《わたし》は首《くび》を左右《さゆう》に振《ふ》った。

ホラー映画《えいが》に詳《くわ》しい有《ゆう》でも見《み》たことがなかったたし、私《わたし》もこの男《おとこ》の子《こ》を見《み》たことがなかった。

男《おとこ》の子《こ》がどうやって人《ひと》を襲《おそ》ってくるのか、見当《けんとう》もつかない。

そう思《おも》っていたとき、拓也《たくや》が細《ほそ》い通路《つうろ》を移動《いどう》するのが視界《しかい》に入《はい》った。

少《すこ》しずつ少《すこ》しずつ、男《おとこ》の子《こ》に近《ちか》づいていっているみたいだ。

「ごめん。私《わたし》も行《い》く」

男《おとこ》の子《こ》がどういう出方《でかた》をするかわからない今《いま》、拓也《たくや》ひとりで行《い》かせるわけにはいかなかった。

私《わたし》でも、何《なに》か手助《てだす》けすることができるかもしれない。

「彩香《あやか》、危《あぶ》ないぞ」

後《うし》ろへと近《ちか》づいたとき、拓也《たくや》が気《き》がついて振《ふ》り向《む》いた。

「だけどひとりでは行《い》かせられないよ」

今《いま》までの化《ば》け物《もの》たちだってみんなで協力《きょうりょく》して退治《たいじ》してきたんだ。

こんなところで拓也《たくや》ひとりにはさせたくなかった。

その気持《きも》ちが通《つう》じたのか、拓也《たくや》は軽《かる》く肩《かた》をすくめて「わかった。ありがとう」と言《い》った。

そのとき浮《う》かべた笑《え》みにドクンッと心臓《しんぞう》が跳《は》ねる。

本当《ほんとう》は怖《こわ》くて仕方《しかた》ないはずなのに、私《わたし》を安心《あんしん》させるために笑《わら》ってくれたんだとわかったから。

「あの男《おとこ》の子《こ》。どこかで見《み》たことがあるんだよな」

身《み》をかがめて移動《いどう》しながら拓也《たくや》がつぶやいた。

「映画《えいが》を思《おも》い出《だ》せそう？」

「いや、映画《えいが》じゃなくてさ……」

拓也《たくや》がそう言《い》ったとき男《おとこ》の子《こ》が穿《は》いているブルーのズボンのポケットから何《なに》かが飛《と》び出《だ》しているのが見《み》えた。

「拓也《たくや》、あれってなんだと思《おも》う？」

「え？　あれは……紙切《かみき》れか？」

ひょろりと飛《と》び出《だ》したそれは確《たし》かに紙《かみ》に見《み》える。

「もしかして、あれが俺《おれ》のアイテムか？」

拓也《たくや》が指先《ゆびさき》を顎《あご》に当《あ》てて考《かんが》え込《こ》む。

「そうなのかな？　他《ほか》に何《なに》も持《も》ってない？」

質問《しつもん》しながら男《おとこ》の子《こ》へ視線《しせん》を向《む》けるが、他《ほか》にアイテムらしいものを身《み》につけているようには見《み》えない。

「何《なに》も見当《みあ》たらないな。なんなんだあの紙《かみ》は……」

拓也《たくや》が困《こま》ったように眉根《まゆね》を寄《よ》せる。

私《わたし》たちのときにはひと目見《めみ》ただけで自分《じぶん》が昔持《むかしも》っていたものだとわかった。

だけど今回《こんかい》は違《ちが》うみたいだ。

あの紙《かみ》がアイテムなのかどうかわからない。

「あれが本当《ほんとう》のアイテムかどうかわからない状態《じょうたい》で近《ちか》づいたら危《あぶ》ないよ」

「わかってる。でも、もっと近《ちか》づけば他《ほか》に何《なに》か見《み》つけられるかもしれないから」

拓也《たくや》はそう言《い》うとまた男《おとこ》の子《こ》へと近《ちか》づいた。

男《おとこ》の子《こ》に近《ちか》づけば近《ちか》づくほどに寒気《さむけ》が増《ま》していく。

この部屋《へや》だけが真冬《まふゆ》になってしまったかのようだ。

「やっぱり何《なに》も見《み》えないな。とりあえず、あの紙《かみ》を取《と》ってみることにするよ」

男《おとこ》の子《こ》の正体《しょうたい》がわからなくてもアイテムを取《と》ってしまえばいいと決《き》めたみたいだ。

「わかった。それなら私《わたし》が男《おとこ》の子《こ》を引《ひ》きつけるから、拓也《たくや》は後《うし》ろから紙《かみ》を取《と》って」

「いいのか？」

心配《しんぱい》そうな拓也《たくや》の顔《かお》。

「大丈夫《だいじょうぶ》だよ。みんなで一緒《いっしょ》に脱出《だっしゅつ》しなきゃ！」

私《わたし》は力強《ちからづよ》くそう答《こた》えたのだった。

☆☆☆

拓也《たくや》が男《おとこ》の子《こ》の後《うし》ろへと回《まわ》り込《こ》んだのを確認《かくにん》して、私《わたし》は勢《いきお》いよく立《た》ち上《あ》がった。
「こっちだよ！」
わざと大《おお》きな声《こえ》を上《あ》げて男《おとこ》の子《こ》にアピールする。
男《おとこ》の子《こ》はすぐにこちらに気《き》がついて視線《しせん》を向《む》けてきた。
その顔《かお》に見覚《みおぼ》えがある気《き》がして、心臓《しんぞう》が大《おお》きくドクンッと跳《は》ねた。
今《いま》まで覚《おぼ》えていた違和感《いわかん》が一番鮮明《いちばんせんめい》になる。
私《わたし》たちは五人組《ごにんぐみ》ではなかったのではないか？
もうひとりいたのではないか？
記憶《きおく》の扉《とびら》が内側《うちがわ》からドンドンとノックされている感《かん》じがする。
だけど今《いま》はモタモタしている暇《ひま》はない。
「こっちにおいで！　一緒《いっしょ》に遊《あそ》ぼうよ！」
誘《さそ》いの言葉《ことば》を繰《く》り返《かえ》すと、男《おとこ》の子《こ》の動《うご》きが速《はや》くなった。

私《わたし》は右手《みぎて》でホウキを握《にぎ》りしめる。

一気《いっき》に攻撃《こうげき》を仕掛《しか》けられたときは、自分《じぶん》でどうにかするしかない。

「こっち！　こっちだよ！」

そのとき後方《こうほう》から美恵《みえ》の声《こえ》も聞《き》こえてきた。

「ほら、みんなで遊《あそ》ぼうぜ！」

「こ、こっちです！　こっち！」

有《ゆう》と貴子《たかこ》も立《た》ち上《あ》がり、声《こえ》をかける。

複数《ふくすう》の方向《ほうこう》から声《こえ》をかけられた男《おとこ》の子《こ》はその場《ば》に立《た》ち止《ど》まり、とまどったようにみんなに顔《かお》を向《む》けている。

人《ひと》の形《かたち》をしているけれど、知能《ちのう》はそんなに高《たか》くないのかもしれない。

男《おとこ》の子《こ》は立《た》ち止《ど》まったまま動《うご》けずにいる。

そのすきに拓也《たくや》が一気《いっき》に距離《きょり》を縮《ちぢ》めていた。

右手《みぎて》にホウキを握《にぎ》りしめた拓也《たくや》に気《き》がついた男《おとこ》の子《こ》が振《ふ》り返《かえ》る。

「おりゃあ！」

拓也《たくや》の方《ほう》が一歩《いっぽ》早《はや》く動《うご》いていた。

ホウキを男《おとこ》の子《こ》の胴体《どうたい》に打《う》ち込《こ》んで倒《たお》れさせたのだ。

男《おとこ》の子《こ》が立《た》ち上《あ》がる前《まえ》にホウキの柄《え》を男《おとこ》の子《こ》の腹部《ふくぶ》に押《お》し当《あ》てて立《た》ち上《あ》がれなくした後《あと》、拓《たく》也《や》は手《て》を伸《の》ばして紙切《かみき》れを引《ひ》き抜《ぬ》いた。

アイテムゲットだ！

これで男《おとこ》の子《こ》は消《き》えて終《お》わりになる！

と、思《おも》ったのだけど……。

「なんで消《き》えねぇんだよ！」

有《ゆう》が叫《さけ》ぶ。

男《おとこ》の子《こ》からアイテムを奪《うば》ったはずなのに、男《おとこ》の子《こ》は灰《はい》になって消《き》えたりしなかった。

まだ床《ゆか》に倒《たお》れたままだ。みんなの顔《かお》に一瞬《いっしゅん》浮《う》かんでいた笑《え》みが消《き》えていく。

「拓也《たくや》！　アイテムが違《ちが》うのかも！」

ハッと気《き》がついて叫《さけ》んだときにはもう男《おとこ》の子《こ》が立《た》ち上《あ》がっていた。

ジッと拓也《たくや》を見《み》つめている。

「ダメ！　一旦《いったん》逃《に》げよう！」

美恵《みえ》の言葉《ことば》を合図《あいず》にして、私《わたし》たちは五番目《ごばんめ》のスクリーンから廊下《ろうか》へと飛《と》び出《だ》したのだった。

6　手紙《てがみ》

五番目《ごばんめ》のスクリーンから逃《に》げ出した私《わたし》たちは、また多目的《たもくてき》トイレに向《む》けて走《はし》っていた。
後《うし》ろから追《お》いかけてくる男《おとこ》の子《こ》の手《て》が、今《いま》にも自分《じぶん》の肩《かた》をポンッと叩《たた》きそうだ。
焦《あせ》りばかりが先走《さきばし》って、足《あし》が思《おも》うように前《まえ》に進《すす》んでくれない。
「あっ！」
私《わたし》の真後《まうし》ろを走《はし》っていた貴子《たかこ》が声《こえ》を上《あ》げたので振《ふ》り向《む》くと、足《あし》を絡《から》ませて転《ころ》んでいた。
貴子《たかこ》の後方《こうほう》からは男《おとこ》の子《こ》が音《おと》もなく追《お》いかけてきている。
「貴子《たかこ》、立《た》ち上《あ》がって！」
私《わたし》は右手《みぎて》を伸《の》ばして貴子《たかこ》の手首《てくび》をつかみ、力《ちから》の限《かぎ》り引《ひ》っ張《ぱ》った。
貴子《たかこ》はどうにか立《た》ち上《あ》がり、また走《はし》り出す。
その間《あいだ》に男《おとこ》の子《こ》はグングン距離《きょり》を縮《ちぢ》めてくる。
男《おとこ》の子《こ》が手《て》を伸《の》ばせば捕《つか》まりそうな距離《きょり》にいて毛《け》が逆立《さかだ》つのを感《かん》じた。

「早《はや》く！」

すでに多目的《たもくてき》トイレの中《なか》に逃《に》げ込《こ》んでいる美恵《みえ》が真《ま》っ青《さお》な顔《かお》で手招《てまね》きしている。

男《おとこ》の子《こ》が私《わたし》と貴子《たかこ》の肩《かた》に手《て》を伸《の》ばして触《ふ》れる寸前《すんぜん》で、ふたり同時《どうじ》に多目的《たもくてき》トイレに滑《すべ》り込《こ》んだ。

すぐにドアが閉《し》められて鍵《かぎ》がかけられた。

「助《たす》かった……」

ホーっと大《おお》きく息《いき》を吐《は》き出して、足《あし》から崩《くず》れ落《お》ちてしまいそうになる体《からだ》を壁《かべ》で支《ささ》える。

「ご、ごめんなさい彩香《あやか》ちゃん。迷惑《めいわく》かけて」

はぁはぁと肩《かた》で呼吸《こきゅう》しながら貴子《たかこ》が申《もう》し訳《わけ》なさそうな顔《かお》を向《む》けてくる。

「逃《に》げきれたんだから大丈夫《だいじょうぶ》だよ、ギリギリだったけど」

そう言《い》って笑《わら》ってみせると、貴子《たかこ》も引《ひ》きつった笑《え》みを浮《う》かべた。

「なんで男《おとこ》の子《こ》は消《き》えなかったんでしょう？」

呼吸《こきゅう》を整《ととの》えてから貴子《たかこ》がつぶやく。

「やっぱり、取《と》るアイテムが違《ちが》ったんじゃないの？」

私《わたし》は拓也《たくや》へ向《む》けて聞《き》いた。

今回《こんかい》は元々《もともと》アイテムがなんなのかわかりにくかった。

ポケットから飛《と》び出《だ》した紙切《かみき》れがアイテムだと思《おも》ったけれど、フェイクだったのかもしれない。

「これじゃなかったとしたら、アイテムはどこにあったんだ？」

拓也《たくや》に聞《き》かれても答《こた》えられなかった。

男《おとこ》の子《こ》が身《み》につけていたものでそれらしいものは、他《ほか》にはなかったから。

「もしかしたら服《ふく》の中《なか》に隠《かく》されてるとかじゃねぇか？」

「そんなの、どうやって取《と》ればいいのよ」

有《ゆう》の意見《いけん》に美恵《みえ》が反論《はんろん》する。

最後《さいご》のミッションは今《いま》までよりも難易度《なんいど》が高《たか》いのかもしれない。

「拓也《たくや》、とにかくそれを確認《かくにん》してみてよ」

「そうだな。これがアイテムかどうかちゃんと確認《かくにん》しないとな」

そう言《い》って開《ひら》いたそれは、四《よ》つ折《お》りにされたＡ４サイズの紙《かみ》だった。

真《ま》っ白《しろ》な用紙《ようし》には拙《つたな》い字《じ》で文字《もじ》が書《か》かれている。

「中学三年生《ちゅうがくさんねんせい》の俺《おれ》へ……って、これ手紙《てがみ》か？」

拓也《たくや》が最初《さいしょ》の文字《もじ》を読《よ》んで首《くび》をかしげる。

どうやら自分《じぶん》に宛《あ》てた手紙《てがみ》みたいだけれど、詳《くわ》しくは思《おも》い出《だ》せないみたいだ。

「先《さき》を読《よ》んでよ」

促《うなが》すと拓也《たくや》はまた手紙《てがみ》に視線《しせん》を落《お》とした。

「ついに中学《ちゅうがく》を卒業《そつぎょう》するんだな。おめでとう。高校《こうこう》は希望校《きぼうこう》に行《い》けるのか？　友達《ともだち》みんなは元気《げんき》か？」

友達《ともだち》という単語《たんご》に私《わたし》はみんなを見回《みまわ》した。

たぶん三年間《さんねんかん》一緒《いっしょ》に映画《えいが》を撮《と》り続《つづ》けてきたこのメンバーのことを言《い》っているんだと思《おも》ったから。

「俺《おれ》は映画《えいが》が好《す》きだから、高校《こうこう》に入《はい》っても映画《えいが》のことを忘《わす》れないでほしいな。そうそう、中学《ちゅうがく》で映画《えいが》を撮影《さつえい》するっていう夢《ゆめ》は叶《かな》ったか？　俺《おれ》には仲間《なかま》がいるから、きっと沢山《たくさん》映画《えいが》を撮《と》ったんだろうな」

「そういえば拓也《たくや》は小学校《しょうがっこう》の頃《ころ》からずっと映画《えいが》が好《す》きだったね」

思《おも》い出《だ》して懐《なつ》かしい気持《きも》ちになる。

映画《えいが》好《ず》きな拓也《たくや》と有《ゆう》が中心《ちゅうしん》になって中学《ちゅうがく》の映画部《えいがぶ》を盛《も》り上《あ》げてくれたんだ。

そのおかげで、私《わたし》もこの三年間《さんねんかん》でかなりの映画《えいが》を見《み》てきた。

苦手《にがて》だと思《おも》っていたホラー映画《えいが》も見《み》られるようになって、視野《しや》が広《ひろ》がった。

「どんな映画《えいが》を撮《と》るのか、今《いま》から楽《たの》しみです。最後《さいご》に俺《おれ》たち六人《ろくにん》の思《おも》い出《で》として、この手紙《てがみ》を残《のこ》します」

「六人《ろくにん》？」

違和感《いわかん》に気《き》がついたのは有《ゆう》だった。

その瞬間《しゅんかん》、私《わたし》の心臓《しんぞう》がドクンと大《おお》きく跳《は》ねる。

「それ、確《たし》かに六人《ろくにん》って書《か》いてあるのか？」

「あぁ。六人《ろくにん》って書《か》いてある」

拓也《たくや》がみんなに手紙《てがみ》の内容《ないよう》が見《み》えるように差《さ》し出《だ》してくれた。

そこには六《ろく》という数字《すうじ》が書《か》かれている。

「俺《おれ》たちは五人《ごにん》だろ？　小学校《しょうがっこう》の頃《ころ》から、今《いま》でもずっと」

有《ゆう》の言葉《ことば》を聞《き》いて私《わたし》はハッと息《いき》を呑《の》んだ。

そして自分《じぶん》のペンダントを開《ひら》く。

そこには五人《ごにん》の集合写真《しゅうごうしゃしん》が入《はい》っているけれど、シミになって消《き》えている部分《ぶぶん》に人影《ひとかげ》が見《み》える。

「やっぱり六人《ろくにん》いたんだよ！」

そう考《かんが》えたとき、記憶《きおく》の奥深《おくふか》くから何《なに》かが浮《う》かんできそうな気《き》がした。

そこへ手《て》を伸《の》ばしかけたけれど、その記憶《きおく》はまた深《ふか》い深《ふか》い闇《やみ》の中《なか》へと沈《しず》んでしまう。

「なんだろう。何《なに》か思《おも》い出《だ》せそうなのに」

頭《あたま》を抱《かか》えたときだった。

「キャアア!!」

と貴子《たかこ》の悲鳴《ひめい》が聞《き》こえてきて顔《かお》を上《あ》げた。

狭《せま》い多目的《たもくてき》トイレの中《なか》に、あの男《おとこ》の子《こ》がノイズをまとって立《た》っていたのだ。

「うわぁ！」

「なんでこんなところにいるの!?」

多目的《たもくてき》トイレ内《ない》はパニックになり、ドアを開《あ》けた瞬間《しゅんかん》、全員《ぜんいん》が飛《と》び出《だ》した。

化《ば》け物《もの》や幽霊《ゆうれい》は多目的《たもくてき》トイレの中《なか》にまで入《はい》ってこなかったのに！

最後《さいご》の男《おとこ》の子《こ》は神出鬼没《しんしゅつきぼつ》でどこにいても一瞬《いっしゅん》で目《め》の前《まえ》に現《あらわ》れるのかもしれない。

そんなんじゃ、私《わたし》たちに勝《か》ち目《め》なんてない！

必死《ひっし》に逃《に》げているうちに他《ほか》のメンバーと離《はな》れてしまった私《わたし》は事務所内《じむしょない》に入《はい》り込《こ》み、机《つくえ》の下《した》に身《み》を隠《かく》した。

「うぅ……」

恐怖《きょうふ》で思《おも》わず声《こえ》が出《で》そうになり、両手《りょうて》で口《くち》をおおって我慢《がまん》した。

みんなは大丈夫《だいじょうぶ》だろうか。

ちゃんと逃《に》げることができただろうか。

全身《ぜんしん》に汗《あせ》をかいているのに寒《さむ》くて仕方《しかた》ない。

男《おとこ》の子《こ》が放《はな》つ冷気《れいき》が体《からだ》にまとわりついている気《き》がする。

「なんで、私《わたし》たちがこんな目《め》にあうの」

もうすぐ卒業《そつぎょう》を控《ひか》えて、中学《ちゅうがく》の最後《さいご》の思《おも》い出作《でづく》りをしていたはずだった。

映画館《えいがかん》のスクリーンで自分《じぶん》たちの作品《さくひん》を上映《じょうえい》できることになって、大喜《おおよろこ》びで……

それなのに、なんでこんなことに！

胸《むね》がズシンと重《おも》たくなったとき、不意《ふい》に目《め》の前《まえ》が開《ひら》けていた。

鼻《はな》を刺激《しげき》してくるのは土《つち》の香《かお》りだ。

「え……？」

立《た》ち上《あ》がって確認《かくにん》してみると、そこはグラウンドであることがわかった。

さっきまでいたはずの事務所《じむしょ》もデスクも消《き》えてなくなっている。

「なんで？　俺《おれ》たち、映画館《えいがかん》の中《なか》でバラバラに逃《に》げたよな？」

気《き》がつけば後《うし》ろには他《ほか》の四人《よにん》もいて、拓也《たくや》が困惑《こんわく》した声《こえ》で言《い》った。

「そうだよね。ウチはカウンターの内側《うちがわ》に隠《かく》れたもん！」

美恵《みえ》が答《こた》える。

「こういうのも映画《えいが》で見《み》たことがあるぜ。化《ば》け物《もの》が俺《おれ》たちに幻覚《げんかく》を見《み》せてるんだ」

「げ、幻覚《げんかく》ですか？」

有《ゆう》の言葉《ことば》に貴子《たかこ》が青《あお》ざめている。

「さっきの男《おとこ》の子《こ》が見《み》せてるんだ」

有《ゆう》がそう言《い》ったとき、今《いま》まで何《なに》もなかった空間《くうかん》に男《おとこ》の子《こ》が姿《すがた》を現《あらわ》した。

「うわっ」

拓也《たくや》が咄嗟《とっさ》に逃《に》げようとするが、男《おとこ》の子《こ》はただそこに立《た》って私《わたし》たちを見《み》ていた。

攻撃《こうげき》を加《くわ》えてくる気《き》はなさそうだけれど、立《た》っているだけで十分《じゅうぶん》に怖《こわ》い。

「で？　ここはどこだ？」

一番冷静《いちばんれいせい》な有《ゆう》が周囲《しゅうい》を見回《みまわ》す。

グラウンドの後方《こうほう》には灰色《はいいろ》の校舎《こうしゃ》が見《み》えた。

そして空《そら》はオレンジ色《いろ》に染《そ》まっている。

今《いま》は夕方《ゆうがた》ってこと？　時間《じかん》が逆戻《ぎゃくもど》りしてる？

「ここ、私《わたし》たちが卒業《そつぎょう》した小学校《しょうがっこう》だね。時間《じかん》は夕方《ゆうがた》の五時《ごじ》になってる」

グラウンドの隅《すみ》に設置《せっち》されている大型時計《おおがたとけい》を見《み》て私《わたし》は言《い》った。

ちょうど放課後《ほうかご》の時間帯《じかんたい》だ。

「小学校《しょうがっこう》か。どうりで懐《なつ》かしいと思《おも》った」

懐《なつ》かしさからか、美恵《みえ》の顔《かお》が明《あか》るくなる。

「でもこれって幻覚《げんかく》なんですよね？　な、なんでこの子《こ》が私《わたし》たちの母校《ぼこう》を知《し》ってるんですか？」

貴子《たかこ》が怯《おび》えた声《こえ》を上《あ》げた。

視線《しせん》は微動《びどう》だにしない男《おとこ》の子《こ》へ向《む》かっている。

「わからねぇ。でも、やっぱり俺《おれ》たちが直接関係《ちょくせつかんけい》してるってことか？」

有《ゆう》がブツブツとつぶやきながら推測《すいそく》しているが、確信《かくしん》はないみたいだ。

こんな幻覚《げんかく》を見《み》せられて一体《いったい》どうすればいいんだろう？

何《なに》をすればいいかわからなくて困惑《こんわく》していたとき、突如《とつじょ》目《め》の前《まえ》に園芸用《えんげいよう》の黄色《きいろ》いスコップが現《あらわ》れた。

「スコップ?」

「これ、小学校《しょうがっこう》のとき使《つか》ってたやつだな」

拓也《たくや》がしゃがみ込《こ》んで確認《かくにん》している。

スコップの柄《え》の部分《ぶぶん》に三年生用《さんねんせいよう》と、かすれたマジックで書《か》かれているのがわかった。

「アサガオを育《そだ》てたときとかに使《つか》ったやつだな。懐《なつ》かしい」

有《ゆう》の表情《ひょうじょう》が和《やわ》らぐ。

みんな懐《なつ》かしい景色《けしき》やものに心《こころ》を奪《うば》われているみたいだ。

私《わたし》は警戒心《けいかいしん》を持《も》って男《おとこ》の子《こ》を見《み》た。

何《なに》が目的《もくてき》かわからないけれど、みんなを油断《ゆだん》させているのかもしれない。

「スコップが人数分《にんずうぶん》ありますね」

貴子《たかこ》の言葉《ことば》に改《あらた》めて見《み》ると、黄色《きいろ》いスコップが六《むっ》つに増《ふ》えている。

「六《むっ》つ?」

眉根《まゆね》を寄《よ》せてつぶやいたとき、今度《こんど》は地面《じめん》にクッキー缶《かん》が出現《しゅつげん》した。

それは子供《こども》の頃《ころ》に流行《はや》っていたキャラクターのイラストが入《はい》っているクッキー缶《かん》で、私《わたし》の心《こころ》がポッと温《あたた》かくなった。

どうしてもこのキャラクター入《い》りのクッキー缶《かん》が欲《ほ》しくって、両親《りょうしん》におねだりしたんだっけ。

それも、いつの間《ま》にか失《な》くしてしまったけれど。

懐《なつ》かしさについ気《き》が緩《ゆる》んでしまいそうになり、引《ひ》き締《し》める。

この幻覚《げんかく》に呑《の》み込《こ》まれてしまうわけにはいかない。

それこそ男《おとこ》の子《こ》の思《おも》うツボだ。

「こんなものを見《み》せて、一体《いったい》どういうつもり!?」

私《わたし》は少《すこ》しも動《うご》かない男《おとこ》の子《こ》へ向《む》けて言《い》った。

攻撃《こうげき》してくるかもしれないと警戒《けいかい》していたけれど、やはり動《うご》かない。

幻覚《げんかく》の中《なか》だからだろうか、強烈《きょうれつ》な冷気《れいき》も感《かん》じなかった。

仕方《しかた》なく視線《しせん》を地面《じめん》に戻《もど》したとき、見覚《みおぼ》えのあるものが視界《しかい》に入《はい》って思《おも》わず声《こえ》を上《あ》げた。

「あれ、私《わたし》のペンダントだ!」

なぜか私《わたし》のペンダントがクッキー缶《かん》の横《よこ》にあるのだ。

他《ほか》のメンバーが持《も》つアイテムも、クッキー缶《かん》の横《よこ》にずらりと並《なら》んでいる。

そして最後《さいご》に見《み》たことのないものが並《なら》んだ。

だけどそれがなんなのか、ノイズがかかって見《み》えて、わからなかった。

「これ、タイムカプセルじゃないか？」

何《なに》かに気《き》がついたように拓也《たくや》が言《い》った。

「土《つち》の中《なか》とかに思《おも》い出《で》を埋《う》めておく、あれ？」

「あぁ。なんだか思《おも》い出《だ》してきたんだ。小学校三年生《しょうがっこうさんねんせい》の最終日《さいしゅうび》、グラウンド、クッキー缶《かん》」

拓也《たくや》が次々《つぎつぎ》と手《て》がかりになりそうな言葉《ことば》をあげていく。

そのおかげで、沈《しず》み込《こ》んでいた記憶《きおく》がまた浮上《ふじょう》してくる。

「そうだった。私《わたし》ペンダントをクッキー缶《かん》の中《なか》に入《い》れたんだった。このクッキー缶《かん》も私《わたし》が家《いえ》から持《も》ってきた！」

突如《とつじょ》としてそのときの記憶《きおく》を思《おも》い出《だ》して、ふらりと前《まえ》に出《で》る。

あのときと同《おな》じことをすれば、もっと何《なに》か思《おも》い出《だ》すかもしれない。

「彩香《あやか》ちゃん、そんなに近《ちか》づいて大丈夫《だいじょうぶ》ですか？」

貴子《たかこ》が心配《しんぱい》そうに声《こえ》をかけてくるから、私《わたし》は振《ふ》り向《む》いて「たぶん、大丈夫《だいじょうぶ》だと思《おも》う」と答《こた》えた。

それからクッキー缶《かん》を開《あ》けて、地面《じめん》に並《なら》べられているペンダントをその中《なか》に入《い》れた。

続《つづ》いて拓也《たくや》が未来《みらい》の自分《じぶん》へ宛《あ》てた手紙《てがみ》を入《い》れる。

それに続《つづ》くように他《ほか》のみんなもクッキー缶《かん》の中《なか》に、思《おも》い出《で》の品《しな》を入《い》れていった。

そして最後《さいご》に残《のこ》ったのは、ノイズのかかったものだった。

スッと何《なに》かが動《うご》く気配《けはい》を感《かん》じて振《ふ》り向《む》くと、男《おとこ》の子《こ》がすぐ近《ちか》くまで移動《いどう》してきていた。

その顔《かお》は見覚《みおぼ》えがある気《き》がするのに、まだハッキリとは見《み》えない。

もどかしい気分《きぶん》だ。

男《おとこ》の子《こ》はノイズのかかった何《なに》かを手《て》にとると、それを大切《たいせつ》そうにクッキー缶《かん》の中《なか》に入《い》れ、蓋《ふた》を閉《し》めた。

「六人目《ろくにんめ》……」

そうつぶやいたとき、男《おとこ》の子《こ》がスコップを手《て》に持《も》った。

そして桜《さくら》の木《き》の下《した》へと歩《ある》き始《はじ》める。

私《わたし》たちは目配《めくば》せをしてから、それぞれの手《て》にスコップを握《にぎ》りしめて、男《おとこ》の子《こ》の後《あと》を追《お》いかけた。

男《おとこ》の子《こ》は校庭《こうてい》の中《なか》でも一番大《いちばんおお》きな桜《さくら》の木《き》の下《した》に穴《あな》を掘《ほ》り始《はじ》めた。

「ここに埋《う》めたんだっけ」

地面《じめん》を掘《ほ》り返《かえ》しながら必死《ひっし》に記憶《きおく》をたどる。

だけど思《おも》い出《だ》すのは楽《たの》しかった中学三年間《ちゅうがくさんねんかん》のことばかりで、小学校《しょうがっこう》の頃《ころ》までさかのぼると記《き》憶《おく》はかすんでしまう。

それくらい、私《わたし》たちにとって中学三年間《ちゅうがくさんねんかん》が濃密《のうみつ》だったんだ。

「なんだか、だんだん思《おも》い出《だ》してきたかもしれねぇ。俺《おれ》、バッジをタイムカプセルに入《い》れたんだった」

力《ちから》の強《つよ》い有《ゆう》がひと掘《ほ》りするとザックリと穴《あな》が深《ふか》くなる。

この光景《こうけい》を私《わたし》は以前《いぜん》も見《み》た気《き》がする。

毎日《まいにち》の映画制作《えいがせいさく》で上塗《うわぬ》りされていった記憶《きおく》の中《なか》に、確《たし》かに存在《そんざい》している。

「確《たし》かに、みんなでタイムカプセルを埋《う》めた。だけどどうしても思《おも》い出《だ》せないのは……」

拓也《たくや》がみんなと同《おな》じようにしゃがみ込《こ》んで土《つち》を掘《ほ》り返《かえ》している男《おとこ》の子《こ》へ視線《しせん》を向《む》けた。

六人目《ろくにんめ》の仲間《なかま》。

その子《こ》の顔《かお》も、名前《なまえ》も、思《おも》い出《だ》すことができなかった。

こんな風《ふう》にタイムカプセルを埋《う》めるくらいだから仲《なか》がよかったはずなのに、どうして思《おも》い出《だ》すことができないんだろう。

「なんだか悔《くや》しいですね。どうして思《おも》い出《だ》せないんでしょう」

グスッと鼻水《はなみず》をすすって言《い》ったのは貴子《たかこ》だった。

六人目《ろくにんめ》の友達《ともだち》を思《おも》い出《だ》すことができないことが悔《くや》しいのか、涙目《なみだめ》になっている。

これを最後《さいご》まで埋《う》めることができれば、何《なに》か思《おも》い出《だ》せるんだろうか……

☆☆☆

それからもスコップで穴《あな》を掘《ほ》り進《すす》めて、五十《ごじゅう》センチくらいの深《ふか》さになった。

みんな顔《かお》も服《ふく》も泥《どろ》だらけで、だけど充実感《じゅうじつかん》に満《み》ちていた。

「埋《う》めよう」

拓也《たくや》が両手《りょうて》でクッキー缶《かん》を持《も》ち上《あ》げて、それを丁寧《ていねい》に穴《あな》の中《なか》へと入《い》れる。

空《そら》は随分《ずいぶん》と暗《くら》くなっていて、クッキー缶《かん》は穴《あな》の中《なか》でほとんど見《み》えなくなった。

私《わたし》たちは再《ふたた》びスコップを手《て》にとり、穴《あな》を埋《う》め始《はじ》めた。

小学校《しょうがっこう》の一番大《いちばんおお》きな桜《さくら》の木《き》の下《した》。

「私《わたし》たち、どうして小学校三年生《しょうがっこうさんねんせい》のときにタイムカプセルを埋《う》めたんだっけ？」

埋《う》まった穴《あな》を見《み》つめてつぶやく。

普通《ふつう》、こういうのは卒業《そつぎょう》するときに埋《う》めるものなんじゃないだろうか？

「わからない。それもきっと、何《なに》か理由《りゆう》があったんだと思《おも》う」

拓也《たくや》が小《ちい》さな声《こえ》で答《こた》えた。

理由《りゆう》が思《おも》い出《だ》せなくて胸《むね》の奥《おく》がモヤモヤしてくる。

「でも、このタイミングで俺《おれ》が何《なに》か言《い》った気《き》がする。『それじゃ……』」

そこまで言《い》い、拓也《たくや》は口《くち》を閉《と》じる。

思《おも》い出《だ》すように考《かんが》え込《こ》んでいるけれど、私《わたし》はこのとき拓也《たくや》がなんと言《い》ったのか、もう思《おも》い出《だ》していた。

「『それじゃ、また中学卒業《ちゅうがくそつぎょう》のときにここに来《こ》よう』」

私《わたし》が代《か》わりに言《い》うと拓也《たくや》が驚《おどろ》いたように目《め》を丸《まる》くした。

「そうだ。俺《おれ》はそう言《い》ったんだ」

「だけど、中学卒業《ちゅうがくそつぎょう》まではまだ時間《じかん》があるよ？」

「それはきっと、俺《おれ》たちがすっかり忘《わす》れてたからだと思《おも》う」

私《わたし》の問《と》いかけに拓也《たくや》が答《こた》えてくれた。

「確《たし》かに、タイムカプセルのことなんて完全《かんぜん》に忘《わす》れてた。それに、六人目《ろくにんめ》が誰《だれ》だったのかまだ思《おも》い出《だ》せない」

美恵《みえ》がため息交《いきま》じりに言《い》う。

以前《いぜん》のままの私《わたし》たちだったら、きっと卒業式《そつぎょうしき》の日《ひ》にここへ来《く》ることもなかっただろう。

「じゃ、じゃあ、今《いま》までの出来事《できごと》は私《わたし》たちにタイムカプセルを思《おも》い出《だ》させるために起《お》こったってことですか？」

貴子《たかこ》が言《い》う。

「そうかもな。全《まった》く、こんな大掛《おおが》かりなことをする意味《いみ》がわからねぇ」

有《ゆう》が吐《は》き捨《す》てた。

確《たし》かに、私《わたし》たちにタイムカプセルの存在《そんざい》を思《おも》い出《だ》させたいのなら、もっと他《ほか》にやり方《かた》があったはずだ。

こんなに怖《こわ》がらせる必要《ひつよう》なんてない。

「それにも何《なに》か原因《げんいん》があったのかもしれないな」

拓也《たくや》がそうつぶやいて視線《しせん》を男《おとこ》の子《こ》へ向《む》けた。

男《おとこ》の子《こ》の体《からだ》は相変《あいか》わらずノイズで乱《みだ》れているけれど、もう恐怖心《きょうふしん》はなかった。

この子《こ》は他《ほか》の化《ば》け物《もの》たちとは違《ちが》う。

昔《むかし》の仲間《なかま》だったんだと、わかったからだ。

そのとき男《おとこ》の子《こ》がゆっくりと口《くち》を開《ひら》いた。

「それじゃ……僕《ぼく》は行《い》くね」

ガラガラに干《ひ》からびた声《こえ》。

それは古《ふる》いビデオテープで聞《き》くような声《こえ》だった。

「行《い》くって、どこへ？」

私《わたし》は咄嗟《とっさ》に質問《しつもん》していた。

このまま私《わたし》たちを残《のこ》して消《き》えてしまったら、この後《あと》どうすればいいかわからない。

「僕《ぼく》は遠《とお》くへ行《い》くんだよ。話《はな》したじゃないか」

「遠《とお》く？」

どこだろう。

彼《かれ》のことを思《おも》い出《だ》せないから、会話《かいわ》の内容《ないよう》も思《おも》い出《だ》せない。

「僕《ぼく》はここに来《き》てすぐまた次《つぎ》のところへ行《い》くんだよ」

その言葉《ことば》がヒントになったのか、有《ゆう》が一歩前《いっぽまえ》へ出《で》た。

「転校《てんこう》するってことか？　もしかして、親《おや》が転勤族《てんきんぞく》だったとか？」

転勤族《てんきんぞく》とは数年《すうねん》であちこちに引《ひ》っ越《こ》しを繰《く》り返《かえ》す仕事《しごと》をしている人《ひと》のことだ。

親《おや》が転勤族《てんきんぞく》だと、子供《こども》もそれについて転校《てんこう》することがある。

「同《おな》じ学校《がっこう》に通《かよ》っていた期間《きかん》が短《みじか》いから、覚《おぼ》えてないのかも」

小学校《しょうがっこう》時代に転校《てんこう》していった子《こ》も転校《てんこう》してきた子《こ》も何人《なんにん》かいる。

ずっと一緒《いっしょ》にいたわけじゃない彼《かれ》らの顔《かお》は、どうしても記憶《きおく》から薄《うす》れて消《き》えていってしまう。

男《おとこ》の子《こ》も、そんな子《こ》だったんだろうか。

「お願《ねが》い、あなたの名前《なまえ》を教《おし》えて！」

名前《なまえ》がわかれば、男《おとこ》の子《こ》の顔《かお》を思《おも》い出《だ》すことができるかもしれない！

「僕《ぼく》の名前《なまえ》は……」

男《おとこ》の子《こ》が言《い》いかけたとき、フェンスの向《む》こうから車《くるま》のクラクションの音《おと》が聞《き》こえてきた。

そこには白《しろ》い軽《けい》の車《くるま》が停《と》まっていて、運転席《うんてんせき》から男性《だんせい》がこちらの様子《ようす》を見《み》ている。

「お父《とう》さんが迎《むか》えにきたんだ。僕《ぼく》はもう行《い》かなきゃ」

男《おとこ》の子《こ》がフェンスに向《む》かって歩《ある》き出す。

「待《ま》って、名前《なまえ》を教《おし》えて！」

慌《あわ》てて伸《の》ばした手《て》は、フェンスにぶつかって止《と》まった。

男《おとこ》の子《こ》の体《からだ》はフェンスをスーッと通《とお》り抜《ぬ》けて、いつの間《ま》にか車《くるま》の後部座席《こうぶざせき》にあった。

「それじゃ、また」

開《あ》けられた窓《まど》から男《おとこ》の子《こ》は手《て》を振《ふ》って、車《くるま》が走《はし》り去っていく。

私《わたし》は呆然《ぼうぜん》としてその場《ば》に立《た》ち尽くすしかなかった。

7　小学校《しょうがっこう》へ

ふと我《われ》に返《かえ》ると事務所《じむしょ》の机《つくえ》の下《した》にいた。

ついさっきまで踏《ふ》みしめていたグラウンドの土《つち》の感触《かんしょく》が、まだ足《あし》の裏《うら》に残《のこ》っている気《き》がする。

「私《わたし》たちの、思《おも》い出《で》……」

ギュッと握《にぎ》りしめていたペンダントを開《ひら》いて再度《さいど》写真《しゃしん》を確認《かくにん》してみるけれど、やはりシミが邪魔《じゃま》をして六人目《ろくにんめ》の顔《かお》を確認《かくにん》することはできなかった。

だけど今《いま》なら男《おとこ》の子《こ》が自分《じぶん》たちの仲間《なかま》だったと確信《かくしん》できる。

「あの子《こ》は化《ば》け物《もの》なんかじゃない。私《わたし》の友達《ともだち》だったんだ」

だから怖《こわ》がることなんてない。

自分《じぶん》にそう言《い》い聞《き》かせて、私《わたし》は机《つくえ》の下《した》から出《で》た。

☆☆☆

多目的《たもくてき》トイレのドアは開《ひら》いていて、中《なか》には誰《だれ》もいなかった。

ホールへ向《む》かうと険《けわ》しい表情《ひょうじょう》をした有《ゆう》がこちらに気《き》がついて手招《てまね》きしてきた。

「彩香《あやか》も見《み》たか？」

「うん。さっきのってきっと全員《ぜんいん》が見《み》ているよね？」

「たぶんな」

それでも隠《かく》れたままで出《で》てこないのは、まだ男《おとこ》の子《こ》への恐怖心《きょうふしん》が薄《うす》れていないせいかもしれない。

「みんな、出《で》てこい!!」

有《ゆう》が大《おお》きな声《こえ》で呼《よ》ぶと通路《つうろ》の奥《おく》から拓也《たくや》が走《はし》ってきた。

貴子《たかこ》と美恵《みえ》もすぐ近《ちか》くにいたみたいだ。

「みんな、映像《えいぞう》は見《み》たか？」

有《ゆう》の問《と》いかけに他《ほか》の全員《ぜんいん》がうなずいた。

「気《き》がついたら小学校《しょうがっこう》のグラウンドにいて、タイムカプセルを埋《う》めてた」

「うん。六人目《ろくにんめ》もいたよね」

「あいつは転校《てんこう》していったって言《い》ってたな」

みんなの話《はなし》を総合《そうごう》してみても、違《ちが》いはなさそうだ。

「だけどあの子《こ》の名前《なまえ》を思《おも》い出《だ》せないの。なんとなく、浮《う》かんできてはいるんだけど」

私《わたし》はこめかみを押《お》さえてどうにか思《おも》い出《だ》そうとするけれど、短期間《たんきかん》しか一緒《いっしょ》にいなかった仲《なか》間《ま》の名前《なまえ》はとうとう浮《う》かんでこなかった。

申《もう》し訳《わけ》ない気持《きも》ちになったとき、ふと寒気《さむき》を感《かん》じて振《ふ》り向《む》いた。

そこには男《おとこ》の子《こ》が立《た》っている。

相変《あいか》わらずその姿《すがた》にノイズがかかって見《み》えるのは、私《わたし》がちゃんと相手《あいて》のことを思《おも》い出《だ》せていないせいなのかもしれない。

「お前《まえ》は、俺《おれ》たちの仲間《なかま》だったんだな？」

拓也《たくや》が質問《しつもん》しても返事《へんじ》はない。

それでもこちらを攻撃《こうげき》してこないところを見《み》ると、敵《てき》ではないということなんだろう。

「お前《まえ》の目的《もくてき》はなんなんだ？」

拓也《たくや》が続《つづ》けて質問《しつもん》する。

すると男《おとこ》の子《こ》が私《わたし》に向《む》かって指《ゆび》をさした。

「え？」

とまどって後退《あとずさ》りをしたとき、その指先《ゆびさき》が私《わたし》のペンダントへ向《む》いていることに気《き》がついた。

「あ、これ？」

ペンダントをかかげてみせる。

すると次《つぎ》に隣《となり》にいた貴子《たかこ》を指《ゆび》さした。

正確《せいかく》に言《い》うと、貴子《たかこ》が持《も》っているぬいぐるみだ。

それからも男《おとこ》の子《こ》は次々《つぎつぎ》と私《わたし》たちのアイテムを指《ゆび》さしていった。

「タイムカプセルを掘《ほ》り返《かえ》してほしいのか？」

最後《さいご》に指《ゆび》をさされた拓也《たくや》がつぶやく。

「でも、卒業《そつぎょう》まではまだ早《はや》いですよ？」

貴子《たかこ》が言《い》った。

私《わたし》たちの約束《やくそく》では中学卒業《ちゅうがくそつぎょう》の日《ひ》に掘《ほ》り返《かえ》すということだった。

それじゃダメなんだろうか。

「時期《じき》が早《はや》いのにも、こんなやり方《かた》をしたのにも、なんか理由《りゆう》があるんだろ。とにかく小学校《しょうがっこう》に行《い》ってみるしかねぇな」

「行《い》ってみるって言《い》っても、ここから出《で》られないじゃん」

だけど有《ゆう》は私《わたし》の言葉《ことば》を無視《むし》して出口《でぐち》へと向《む》かう。

そこは何度《なんど》も叩《たた》いたり押《お》したりして試《ため》してみた場所《ばしょ》だ。

いまさら何《なに》をしたって意味《いみ》はないのに。

「こういうときのホラー映画《えいが》は、ドアが開《ひら》くようになってんだよ」

有《ゆう》がドアに手《て》をかけて、ノブをつかむ。

すると今《いま》まで開《ひら》かなかったドアが簡単《かんたん》に外側《そとがわ》へと開《ひら》いたのだ。

有《ゆう》がしてやったりとばかりの顔《かお》でニヤリと笑《わら》う。

「ほらな。ここでのステージは終《お》わったんだ。次《つぎ》に行《い》くときが来《き》たんだよ」

有《ゆう》が外《そと》へ一歩《いっぽ》踏《ふ》み出《だ》すと同時《どうじ》に、男《おとこ》の子《こ》はスッと姿《すがた》を消《け》したのだった。

☆☆☆

何時間《なんじかん》ぶりかに外《そと》の空気《くうき》を吸《す》い込《こ》んだ私《わたし》は何度《なんど》も深呼吸《しんこきゅう》を繰《く》り返《かえ》した。

映画館内《えいがかんない》の淀《よど》んだ空気《くうき》とは違《ちが》って、すごく美味《おい》しく感《かん》じられる。

「ねえ、このまま家《いえ》に帰《かえ》るのはナシなの？」

美恵《みえ》が真《ま》っ暗《くら》な街《まち》を見回《みまわ》して言《い》った。

私《わたし》も今《いま》すぐにでも家《いえ》に帰《かえ》ってベッドで横《よこ》になりたい気分《きぶん》だ。

昼《ひる》から何《なに》も食《た》べていなくてお腹《なか》も空《す》いているし、タイムカプセルなんて放《ほう》り出《だ》してしまいたい。

「試《ため》してみるか？」

有《ゆう》はそう言《い》うと真《ま》っ直《す》ぐに近《ちか》くの民家《みんか》へと歩《ある》いていく。

そこは誰《だれ》の家《いえ》なのかわからないし、電気《でんき》もついていない。

「ちょっと、何《なに》する気《き》!?」

美恵《みえ》が止《と》める前《まえ》に有《ゆう》は玄関《げんかん》のチャイムを押《お》していた。

中《なか》から呼《よ》び鈴《りん》の音《おと》が漏《も》れ聞《き》こえてくる。

「こんな夜中《よなか》に非常識《ひじょうしき》でしょ！」

「焦《あせ》るなって。絶対《ぜったい》に出《で》てこねぇから」

自信満々《じしんまんまん》の有《ゆう》が言《い》った通《とお》り、何度《なんど》チャイムを鳴《な》らしても中《なか》から人《ひと》が出《で》てくる気配《けはい》はなかった。

「ただの留守《るす》じゃない？」

と、美恵《みえ》が言《い》うけれど、近《ちか》くにある別《べつ》の家《いえ》のチャイムを鳴《な》らしてみても誰《だれ》も出《で》てこなかった。

さすがにおかしい。

「見《み》てみろよ。コンビニも真《ま》っ暗《くら》だ」

有《ゆう》に言《い》われて視線《しせん》を移動《いどう》させると、二十四時間営業《にじゅうよじかんえいぎょう》のはずのコンビニに電気《でんき》がついていない。

車《くるま》も人《ひと》も誰《だれ》もいないことがわかってブルリと身《み》を震《ふる》わせた。

「スマホの電波《でんぱ》はあるかもしれない」

拓也《たくや》がそうつぶやいてスマホを取《と》り出《だ》すが、すぐに落胆《らくたん》した表情《ひょうじょう》になった。

「ダメだ。まだ圏外《けんがい》のままだ」

「そっか……」

私《わたし》も念《ねん》のために自分《じぶん》のスマホを確認《かくにん》してみたけれど、状況《じょうきょう》は同《おな》じだった。

「何《なに》これ、こんなのありえないですよね」

貴子《たかこ》が私《わたし》の腕《うで》にすがりついてきた。

「俺《おれ》たちは解放《かいほう》されたわけじゃない。映画館《えいがかん》から出《で》られたって帰《かえ》ることはできねぇんだ」

強制的《きょうせいてき》に次《つぎ》のステージへ進《すす》まされるゲームみたいなものだと、有《ゆう》は言《い》った。

普通《ふつう》のテレビゲームならそれも楽《たの》しいけれど、自分《じぶん》たち以外《いがい》に誰《だれ》もいない、鳥《とり》の鳴《な》き声《ごえ》すら聞《き》こえてこない暗闇《くらやみ》に恐怖《きょうふ》は膨《ふく》らんでいくばかりだ。

五人《ごにん》で身《み》を寄《よ》せ合《あ》いながら小学校《しょうがっこう》へ向《む》かって歩《ある》く。

街灯《がいとう》とやけに赤《あか》い月明《つきあ》かりだけが頼《たよ》りだった。

「母校《ぼこう》に帰《かえ》るならもっと楽《たの》しい雰囲気《ふんいき》がよかったよね」

美恵《みえ》がブツブツと文句《もんく》を言《い》っている。

この場《ば》に似《に》つかわしくない言葉《ことば》につい笑《わら》ってしまった。

おかげで少《すこ》しだけ恐怖《きょうふ》が和《やわ》らいだ。

「見《み》えてきたな」

拓也《たくや》がつぶやいた。

二十分《にじっぷん》ほど歩《ある》いていると前方《ぜんぽう》に見覚《みおぼ》えのある緑色《みどりいろ》のフェンスが見《み》えてきた。

そのフェンスの向《む》こうには小学校《しょうがっこう》のグラウンドがある。

有《ゆう》が早足《はやあし》になってそのフェンスに近《ちか》づいていく。

「何《なに》も見《み》えねぇな」

両手《りょうて》でフェンスをつかんでグラウンドの様子《ようす》をうかがっているけれど、暗《くら》くてよく見《み》えないみたいだ。

「俺《おれ》たちはフェンスをすり抜《ぬ》けて入《はい》ることはできないから、表《おもて》の門《もん》から入《はい》ろう」

拓也《たくや》に言《い》われて私《わたし》たちは懐《なつ》かしい正門《せいもん》へと向《む》かった。

門柱《もんちゅう》には小学校名《しょうがっこうめい》が彫《ほ》られていて、この時間《じかん》には閉《し》まっているはずの門《もん》は開《あ》け放《はな》たれていた。

「こんなに簡単《かんたん》に入《はい》れていいんですか？」

門《もん》から中《なか》へと入《はい》ったとき貴子《たかこ》が不安《ふあん》そうな声《こえ》で言《い》った。

「わからねぇ。だけど俺《おれ》たちはここにおびき寄《よ》せられたんだ。行《い》くしかねぇよ」

有《ゆう》が先頭《せんとう》を歩《ある》いて答《こた》えた。

ここにおびき寄《よ》せられたなんて、まるで誘蛾灯《ゆうがとう》に群《むら》がる虫《むし》みたいだ。

そんなことを思《おも》いつつグラウンドへと向《む》かう。

「三年《さんねん》ぶりだけど、結構覚《けっこうおぼ》えてるもんだな」

グラウンドに出《で》るまでの道《みち》を間違《まちが》えずに進《すす》む自分《じぶん》たちに感心《かんしん》したように拓也《たくや》が言《い》った。

「そうだね。ここを歩《ある》いてたらだんだん昔《むかし》の記憶《きおく》がよみがえってくる」

私《わたし》は拓也《たくや》の横《よこ》に並《なら》んで歩《ある》きながら言《い》った。

今《いま》は暗闇《くらやみ》に沈《しず》んでいる校舎《こうしゃ》も、まるで昼間見《ひるまみ》ているかのようにはっきりと思《おも》い出《だ》すことができた。

「五人《ごにん》でよく遊《あそ》んだよね」

グラウンドの遊具《ゆうぐ》は当時《とうじ》のままで懐《なつ》かしさに目《め》を細《ほそ》めた。

ブランコや滑《すべ》り台《だい》にタイヤ飛《と》び。

長《なが》い昼休《ひるやす》みになると競《きそ》い合《あ》うようにグラウンドへ出《で》て遊具《ゆうぐ》に飛《と》びついたのを覚《おぼ》えている。

次《つぎ》の授業開始《じゅぎょうかいし》のチャイムが鳴《な》るギリギリまで遊《あそ》んでいたんだっけ。

「六人《ろくにん》で遊《あそ》んだときもあったかもしれないですね」

貴子《たかこ》の言葉《ことば》に私《わたし》はうなずいた。

記憶《きおく》の中《なか》で消《き》えてしまっているだけで、きっと六人《ろくにん》で遊《あそ》んだ経験《けいけん》があるはずだ。

その子《こ》はすぐに転校《てんこう》してしまったけれど、自分《じぶん》たちのタイムカプセルに参加《さんか》するくらい仲《なか》がよかったのだから。

「ここじゃないか？」

拓也《たくや》が立《た》ち止《ど》まった目《め》の前《まえ》には大《おお》きな桜《さくら》の木《き》が立《た》っていた。

それはドッシリと根《ね》を下《お》ろし、グラウンドで遊《あそ》ぶ子供《こども》たちのことを見守《みまも》っているようにも見《み》える。

「たぶん、そうだったよね。土《つち》を掘《ほ》り返《かえ》さなきゃ」

私《わたし》はそう言《い》って周囲《しゅうい》を見回《みまわ》した。

さすがに幻覚《げんかく》の中《なか》で見《み》たスコップは見当《みあ》たらない。

私《わたし》たちは一旦校舎《いったんこうしゃ》へ向《む》かい、古《ふる》い物置《ものおき》の戸《と》を開《ひら》いた。

中《なか》は埃《ほこり》っぽくて、何度《なんど》か咳《せ》き込《こ》んでから目《め》を凝《こ》らした。

電気《でんき》がないから、物置《ものおき》の中《なか》は真《ま》っ暗《くら》だ。

「これでどうだ？」

後《うし》ろから拓也《たくや》がスマホの明《あ》かりをつけてくれて、どうにか確認《かくにん》することができた。

「ありがとう」

私《わたし》は物置《ものおき》の手前《てまえ》に立《た》て掛《か》けてあった大《おお》きなスコップを手《て》に取《と》った。

これなら一気《いっき》に深《ふか》く掘《ほ》り返《かえ》すことができそうだ。

だけどスコップはふたつしかない。

「ふたつあれば十分《じゅうぶん》だ」

有《ゆう》がそう言《い》ってスコップを握《にぎ》りしめたのだった。

☆☆☆

再《ふたた》び桜《さくら》の木《き》の下《した》へ戻《もど》ってきた私《わたし》たちはさっそく地面《じめん》を掘《ほ》り返《かえ》し始《はじ》めた。

ザクッザクッと音《おと》がするたびに穴《あな》は深《ふか》くなっていく。

拓也《たくや》と有《ゆう》が率先《そっせん》して動《うご》いてくれるから、私《わたし》と貴子《たかこ》と美恵《みえ》の三人《さんにん》は少《すこ》し離《はな》れた場所《ばしょ》でそれを見《み》ていた。

「何《なに》が出《で》てくるんでしょうか」

貴子《たかこ》がうさぎのぬいぐるみを抱《だ》きしめて言《い》った。

「何《なに》って、埋《う》めたものでしょう？」

美恵《みえ》はそう答《こた》えるが私《わたし》は自分《じぶん》のペンダントをかかげてみせた。

「埋《う》めたはずのものは今自分《いまじぶん》たちで持《も》ってるじゃない」

「あ、そっか」

ようやくその矛盾《むじゅん》に気《き》がついたようで、美恵《みえ》は興味津々《きょうみしんしん》に穴《あな》の様子《ようす》を眺《なが》め始《はじ》めた。

クッキー缶《かん》の中《なか》に何《なに》が入《はい》っているのかわからないけれど、それを確認《かくにん》することができればまた変化《へんか》が起《お》こるはずだ。

固唾《かたず》を呑《の》んで見守《みまも》っていたとき、後方《こうほう》から足音《あしおと》が聞《き》こえてきて振《ふ》り向《む》いた。

暗闇《くらやみ》の中《なか》に小柄《こがら》な男《おとこ》の子《こ》の姿《すがた》が見《み》える。

「ねえ、あれって……」

美恵《みえ》の服《ふく》の袖《そで》を引《ひ》いて言《い》うと、美恵《みえ》が「ヒッ」と小《ちい》さく悲鳴《ひめい》を上《あ》げた。

「あれは、さっきまでいた男《おとこ》の子《こ》ですよね？」

貴子《たかこ》も気《き》がついたみたいだ。

だけどさっきまでと違《ちが》うのはその歩《ある》き方《かた》だった。

映画館《えいがかん》の中《なか》では幽霊《ゆうれい》のようにスーッと移動《いどう》していたのに、今《いま》は生《い》きている人間《にんげん》みたいにザッザッと足音《あしおと》と響《ひび》かせている。

冷気《れいき》がぐんぐん近《ちか》づいてきて、私《わたし》たちの体《からだ》を包《つつ》み込《こ》んでいく。

相手《あいて》に自分《じぶん》たちを攻撃《こうげき》するつもりはないのだとわかっていても、後退《あとずさ》りをしてしまう。

「なんだよこんなときに、もう少《すこ》しだって言《い》うのに！」

有《ゆう》がスコップを握《にぎ》りしめたまま男《おとこ》の子《こ》へ視線《しせん》を向《む》ける。

男《おとこ》の子《こ》の後《うし》ろには濃《こ》い霧《きり》が立《た》ち込《こ》めていて、グラウンド全体《ぜんたい》をぼかしている。

「ねえ、なんだか変《へん》だよ」

美恵《みえ》がそうつぶやいた瞬間《しゅんかん》だった。

霧《きり》の中《なか》に四《よっ》つの黒《くろ》い影《かげ》が動《うご》くのが見《み》えたのだ。

それはどんどんこちらへ近《ちか》づいてきて、霧《きり》から抜《ぬ》け出《だ》して姿《すがた》を見《み》せた。

「映画《えいが》の中《なか》の化《ば》け物《もの》たちだ！」

拓也《たくや》がそう叫《さけ》ぶと同時《どうじ》にスコップを握《にぎ》りしめて私《わたし》たちの前《まえ》へと飛《と》び出《だ》してきた。

有《ゆう》も同《おな》じように化《ば》け物《もの》たちと向《む》き合《あ》った。

化《ば》け物《もの》がチェンソーを振《ふ》り回《まわ》す。

「子供《こども》だ子供《こども》が沢山《たくさん》いるぞぉ！」

猟奇的殺人鬼《りょうきてきさつじんき》がよだれを垂《た》らしながら歓喜《かんき》の声《こえ》を上《あ》げる。

物音《ものおと》に敏感《びんかん》な化《ば》け物《もの》があたりをうかがうように耳《みみ》をすませている。

幽霊《ゆうれい》の女《おんな》は滑《すべ》るようにこちらへ近《ちか》づいてくる。

化《ば》け物四体《ものよんたい》を引《ひ》き連《つ》れた男《おとこ》の子《こ》が、まるで笑《わら》っているように肩《かた》を震《ふる》わせた。

「ど、どういうことですか!?　あの化《ば》け物《もの》たちが、どうしてここに!?」

貴子《たかこ》が混乱《こんらん》した声《こえ》を上《あ》げる。

「そんなの知《し》るかよ！　でも今《いま》は戦《たたか》うしかねぇだろ！」

有《ゆう》が両手《りょうて》でスコップを握《にぎ》り直《なお》したかと思《おも》うと「うぉぉお！」と雄叫《おたけ》びを上《あ》げながら化《ば》け物《もの》たちの中《なか》へと突《つ》っ込《こ》んだ。

有《ゆう》が振《ふ》り回《まわ》したスコップの先《さき》が、子供《こども》の目玉《めだま》をくり抜《ぬ》く猟奇的殺人鬼《りょうきてきさつじんき》の頭部《とうぶ》にぶつかる。

「ぐあぁ！」

殺人鬼《さつじんき》が頭《あたま》を押《お》さえてうずくまる。

だけど今回《こんかい》は簡単《かんたん》には消滅《しょうめつ》しなかった。

再《ふたた》び立《た》ち上《あ》がり、有《ゆう》へ襲《おそ》いかかろうとする。

「有《ゆう》！」

拓也《たくや》がすぐに駆《か》けつけて殺人鬼《さつじんき》の背中《せなか》にスコップをつき立《た》てた。

殺人鬼《さつじんき》は大《おお》きく目《め》を見開《みひら》いたかと思《おも》うとその場《ば》に倒《たお》れ込《こ》んだ。

だけどまだ三体《さんたい》もいるから油断《ゆだん》できない。

拓也《たくや》が殺人鬼《さつじんき》の背中《せなか》からスコップを抜《ぬ》き取《と》り、幽霊女《ゆうれいおんな》へと向《む》き直《なお》る。

幽霊女《ゆうれいおんな》は拓也《たくや》の首《くび》を絞《し》めようと両手《りょうて》を伸《の》ばしてくるが、その前《まえ》にスコップが横腹《よこばら》につき立《た》てられていた。

やった！

もう二体《にたい》も倒《たお》した！

私《わたし》が喜《よろこ》んだのはほんの一瞬《いっしゅん》だった。

物音《ものおと》に敏感《びんかん》な化《ば》け物《もの》は俊敏《しゅんびん》な動《うご》きで、気《き》がつけば美恵《みえ》の目《め》の前《まえ》に移動《いどう》してきていたのだ。

「美恵《みえ》！」

反射的《はんしゃてき》に名前《なまえ》を呼《よ》んで助《たす》けようと走《はし》るが、化《ば》け物《もの》の右手《みぎて》で振《ふ》り払《はら》われてしまった。

「キャア！」

私《わたし》の体《からだ》は投《な》げ飛《と》ばされてグラウンドに転《ころ》がる。

「だ、誰《だれ》か助《たす》けてください！」

襲《おそ》われている美恵《みえ》を目《め》の前《まえ》にして、何《なに》もできない貴子《たかこ》が叫《さけ》ぶ。

だけど男《おとこ》ふたりはチェンソーを持《も》った化《ば》け物《もの》を相手《あいて》に苦戦《くせん》していて、さっきからスコップとチェンソーがぶつかり合《あ》う、ガキン！　ガキン！　という音《おと》が響《ひび》いている。

「うう……」

地面《じめん》に全身《ぜんしん》をぶつけて起《お》き上《あ》がることのできない私《わたし》はうめき声《ごえ》を上《あ》げて両手《りょうて》を地面《じめん》についた。

力《ちから》を込《こ》めて立《た》ち上《あ》がろうとすると、脇腹《わきばら》が痛《いた》んで崩《くず》れ落《お》ちてしまう。

そんな私《わたし》を見《み》て美恵《みえ》が絶望的《ぜつぼうてき》な表情《ひょうじょう》を浮《う》かべる。

このままじゃ、美恵《みえ》が……

「貴子《たかこ》！　助《たす》けて！」

最悪《さいあく》の事態《じたい》が脳裏《のうり》をかすめたとき、美恵《みえ》が叫《さけ》んでいた。

「お願《ねが》い貴子《たかこ》！　助《たす》けて!!」

「あ、あ……私《わたし》……」

貴子《たかこ》がたじろぎ、硬直《こうちょく》する。

今動《いまうご》けるのは貴子《たかこ》しかいない。

でも……

「イヤアア!!」

化《ば》け物《もの》に体《からだ》を片手《かたて》でつかみ上《あ》げられて、美恵《みえ》が絶叫《ぜっきょう》する。

大《おお》きく口《くち》を開《あ》けた化《ば》け物《もの》は今《いま》にも美恵《みえ》を頭《あたま》から食《た》べてしまいそうだ。

「こ……こっち！　こっちだよ!!」

その瞬間《しゅんかん》、貴子《たかこ》が叫《さけ》んだ。

「こっち！　こっちにいるよ！」

叫《さけ》びながら有《ゆう》たちの方《ほう》へと走《はし》る。

美恵《みえ》を食《た》べようとしていた化《ば》け物《もの》の意識《いしき》がそれて、そのすきに美恵《みえ》は身《み》をひねって化《ば》け物《もの》の手《て》の中《なか》から逃《のが》れることができた。

「こっち、こっちに来《き》て！」

「貴子《たかこ》、これを使《つか》え！」

なおも叫《さけ》んでいた貴子《たかこ》が、有《ゆう》が投《な》げてよこしたスコップを受《う》け取《と》った。

それを両手《りょうて》で強《つよ》く強《つよ》く握《にぎ》りしめる。

チェンソーの化《ば》け物《もの》はいつの間《ま》にか土《つち》の上《うえ》に倒《たお》れ込《こ》んでいた。

「グオォオォ！」

化《ば》け物《もの》の雄叫《おたけ》び。

砂埃《すなぼこり》が舞《ま》い、一瞬《いっしゅん》にしてその姿《すがた》が貴子《たかこ》の前《まえ》へと移動《いどう》する。

貴子《たかこ》は目《め》にいっぱいの涙《なみだ》をためて、スコップを振《ふ》り上《あ》げた。

「私《わたし》の友達《ともだち》を……傷《きず》つけないで‼」

叫《さけ》ぶと同時《どうじ》にスコップが化《ば》け物《もの》に振《ふ》り下《お》ろされた。

ガンッと硬《かた》いものにぶつかった音《おと》がする。

すぐに拓也《たくや》が参戦《さんせん》してふたりがかりで化《ば》け物《もの》を攻撃《こうげき》する。

「貴子《たかこ》……」

私《わたし》は呆然《ぼうぜん》としてその光景《こうけい》を見《み》つめていた。

引《ひ》きこもりぎみで、クラスに馴染《なじ》めなくて、だからずっと守《まも》ってあげなきゃと思《おも》っていたけれど……

そうじゃなかったのかもしれない。

貴子《たかこ》だって誰《だれ》かを守《まも》ることができるのかも。

私《わたし》はグッと拳《こぶし》を握《にぎ》りしめて美恵《みえ》に視線《しせん》を向《む》けた。

美恵《みえ》がコクリとうなずく。

ここまでみんなで来《き》たんだ。

最後《さいご》だって、みんなで戦《たたか》わなきゃ！

「あぁぁぁ！」

ふたりして叫《さけ》び声《ごえ》を上《あ》げながら突撃《とつげき》する。

武器《ぶき》なんて持《も》ってないし、化《ば》け物相手《ものあいて》に無謀《むぼう》なことをしているのはわかっている。

だけどきっと勝《か》てる。

だって、みんなと一緒《いっしょ》だから!!

「うん。僕《ぼく》も一緒《いっしょ》だよ」

どこからかそんな声《こえ》が聞《き》こえたけれど、必死《ひっし》になっていた私《わたし》はその声《こえ》に答《こた》えることができなかったのだった。

☆☆☆

はぁ……はぁ……

五人《ごにん》の荒《あら》い呼吸音《こきゅうおん》だけが聞《き》こえてくる。

体《からだ》は砂《すな》だらけでボロボロに汚《よご》れていて、だけどそれを払《はら》う余裕《よゆう》もなかった。

「すげーじゃんお前《まえ》。やればできるんだな」

グラウンドに寝転《ねころ》がって空《そら》を見上《みあ》げながら有《ゆう》がつぶやく。

他《ほか》のメンバーも、みんな同《おな》じようにグラウンドに寝転《ねころ》がっていた。

「私《わたし》のことですか？」

「当《あ》たり前《まえ》だろ。見直《みなお》したぜ」

「ウチも！　あのとき本当《ほんとう》に死《し》ぬかと思《おも》った。貴子《たかこ》のおかげで助《たす》かったよ」

「まさか貴子《たかこ》があそこであんな勇気出《ゆうきだ》すなんてな。本当《ほんとう》にすごいと思《おも》うよ」

「貴子《たかこ》ありがとう。私《わたし》たちを助《たす》けてくれて」

「そ、そんな私《わたし》は何《なに》も……」

みんなから称賛《しょうさん》された貴子《たかこ》が照《て》れくさそうにモゴモゴと口《くち》ごもる。

それを聞《き》いた有《ゆう》がガバッと上半身《じょうはんしん》を起《お》こした。

「こういうときは素直《すなお》に受《う》け止《と》めろよ。俺《おれ》たち仲間《なかま》なんだからな」

「よく言《い》うよ、散々人《さんざんひと》に喧嘩《けんか》ふっかけといてさ」

拓也《たくや》が笑《わら》いながら上半身《じょうはんしん》を起《お》こす。

「それは……悪《わる》かったよ。俺《おれ》、口《くち》が悪《わる》くてさ、みんなを傷《きず》つけるようなことばっかり言《い》ったよな」

素直《すなお》に謝《あやま》る有《ゆう》がめずらしくて、私《わたし》と美恵《みえ》も上半身《じょうはんしん》を起《お》こした。

有《ゆう》はバツが悪《わる》そうな顔《かお》をしている。

「ウチこそ色々《いろいろ》とごめん。今回《こんかい》のことで有《ゆう》の男《おとこ》らしいところを見《み》て、ちょっと見直《みなお》したよ」

美恵《みえ》の言葉《ことば》に照《て》れたのか有《ゆう》は頬《ほほ》を赤《あか》く染《そ》めて「ちょっとかよ」と、文句《もんく》を言《い》った。

「ねえ、貴子《たかこ》。貴子《たかこ》もそろそろ、私《わたし》たちに敬語使《けいごつか》うのをやめない？」

そう聞《き》いたけれど貴子《たかこ》は黙《だま》り込《こ》んでしまい、次《つぎ》に両手《りょうて》で顔《かお》をおおって、嗚咽《おえつ》を漏《も》らし始《はじ》めた。

「私《わたし》のことも仲間《なかま》だと思《おも》ってくれるんですか？」

怯《おび》えているような、震《ふる》えた声《こえ》。

「当《あ》たり前《まえ》でしょう？」

呆《あき》れて言《い》うと、貴子《たかこ》がまた嗚咽《おえつ》を漏《も》らす。

「私《わたし》は引《ひ》きこもりで、臆病《おくびょう》ですよ？」

「今日《きょう》の貴子《たかこ》は臆病《おくびょう》なんかじゃなかっただろ？　すげーカッコよかった」

拓也《たくや》が前向《まえむ》きになれる言葉《ことば》を投《な》げかける。

貴子《たかこ》がそっと両手《りょうて》をはずす。

その顔《かお》は涙《なみだ》と鼻水《はなみず》でグチャグチャだったけれど、それでも笑顔《えがお》だった。

「みんな……！」

貴子《たかこ》は勢《いきお》いよく上半身《じょうはんしん》を起《お》こすと私《わたし》たちに両手《りょうて》を伸《の》ばしてきた。

それに応《こた》えるようにみんなが貴子《たかこ》を抱《だ》きしめる。

「生《い》きてて、よかったです！　ここまで、みんなで生《い》きてて！」

貴子《たかこ》の叫《さけ》びは今回《こんかい》のことだけでなく、出会《であ》ってから今《いま》までの全部《ぜんぶ》をよかったと言《い》っているように聞《き》こえて涙《なみだ》が出《で》てきてしまった。

泣《な》かないように気《き》をつけてたのに。

そう思《おも》って周《まわ》りを見《み》てみると美恵《みえ》も拓也《たくや》も目《め》に涙《なみだ》を浮《う》かべている。

誰《だれ》よりも泣《な》いているのはまさかの有《ゆう》だった。

「あはは！　有《ゆう》ってば泣《な》きすぎ！」

美恵《みえ》が泣《な》き笑《わら》いで有《ゆう》を指差《ゆびさ》す。

「うるせぇ……泣《な》いてなんか……」

嗚咽《おえつ》をこらえつつ否定《ひてい》する有《ゆう》を見《み》て、貴子《たかこ》が楽《たの》しそうに笑《わら》ったのだった。

☆☆☆

「見《み》つけたぞ！」

再《ふたた》び穴掘《あなほ》りを開始《かいし》して数分後《すうふんご》、拓也《たくや》が穴《あな》の中《なか》からクッキー缶《かん》を取《と》り出《だ》していた。

ハッとして駆《か》け寄《よ》り、クッキー缶《かん》を取《と》り囲《かこ》む。

後方《こうほう》に立《た》っている男《おとこ》の子《こ》の気配《けはい》で、私《わたし》たちと同《おな》じようにクッキー缶《かん》を覗《のぞ》き込《こ》んでいるのがわかった。

「開《あ》けるぞ」

拓也《たくや》はそう言《い》うのとほぼ同時《どうじ》にクッキー缶《かん》に手《て》をかけていた。

カンッと音《おと》が響《ひび》いて錆《さ》びたクッキー缶《かん》の蓋《ふた》が開《ひら》く。

中《なか》を覗《のぞ》き込《こ》んでみると、最初《さいしょ》に見《み》えたのはうさぎのぬいぐるみだった。

「あ、私《わたし》のです！」

と、貴子《たかこ》が手《て》を伸《の》ばしてクッキー缶《かん》からうさぎを取《と》り出《だ》したとき、今《いま》まで持《も》っていたうさぎのぬいぐるみが化《ば》け物《もの》たちと同《おな》じように灰《はい》になって消《き》えていった。

同《おな》じものが同《おな》じ空間《くうかん》に存在《そんざい》することをさけるように、それは一瞬《いっしゅん》にしてなくなっていた。

貴子《たかこ》の手《て》の中《なか》に残《のこ》っているのは、薄汚《うすよご》れてしまったうさぎのぬいぐるみひとつだけだった。

「これは俺《おれ》のだな」

次《つぎ》に有《ゆう》がバッジを取《と》り出《だ》した。

それも時間《じかん》が経過《けいか》したため色《いろ》があせている。

星型《ほしがた》の真《ま》ん中《なか》に描《か》かれた柄《がら》も、随分《ずいぶん》と剥《は》げてしまっていた。

「これはウチのミサンガ。わぁ、こんな色《いろ》になってたんだ」

美恵《みえ》がクッキー缶《かん》に手《て》を突《つ》っ込《こ》んでミサンガを取《と》り出《だ》す。

本来《ほんらい》はカラフルな原色《げんしょく》の糸《いと》で作《つく》られていたそれは、劣化《れっか》のため灰色《はいいろ》に近《ちか》い色合《いろあ》いになっている。

それでも美恵《みえ》は懐《なつ》かしそうにそのミサンガを手首《てくび》につけた。

「このペンダントは私《わたし》の」

手《て》を伸《の》ばしてペンダントを取《と》る。

月《つき》の光《ひかり》でキラキラと輝《かがや》いていた銀色《ぎんいろ》のそれは、くすんで傷《きず》つき、輝《かがや》きを失《うしな》っている。

ペンダントを開《ひら》いてみると、そこにはほとんどセピア色《いろ》に近《ちか》くなった写真《しゃしん》が入《はい》っていた。

「これじゃ誰《だれ》が誰《だれ》なのかわからないね」

私《わたし》はみんなに写真《しゃしん》を見《み》せて言《い》った。

シミは写真全体《しゃしんぜんたい》に広《ひろ》がっていて、顔《かお》の判別《はんべつ》はつかなくなっている。

クッキー缶《かん》の中《なか》に入《はい》っていたけれど、雨《あめ》や土《つち》の汚《よご》れがついてしまったようで、普通《ふつう》に保管《ほかん》するよりもずっと劣化《れっか》が激《はげ》しいみたいだ。

「これは俺《おれ》が書《か》いた手紙《てがみ》」

拓也《たくや》がクッキー缶《かん》の底《そこ》に張《は》りつくようにして入《はい》っていた手紙《てがみ》を取《と》り出《だ》すと、それにくっついて何《なに》かが地面《じめん》に落《お》ちた。

「これ何《なに》？」

拾《ひろ》い上《あ》げて確認《かくにん》してみると白《しろ》い紙《かみ》で、下《した》に日付《ひづけ》が書《か》かれているのがわかった。

「この日付《ひづけ》、俺《おれ》たちが小学校三年生《しょうがっこうさんねんせい》のときだな」

拓也《たくや》がつぶやく。

白《しろ》い紙《かみ》をひっくり返《かえ》してみると、それが写真《しゃしん》であることがわかった。

裏返《うらがえ》った状態《じょうたい》でクッキー缶《かん》に入《はい》っていたのがよかったのか、私《わたし》のペンダントの写真《しゃしん》よりも状《じょう》態《たい》がいい。

「私《わたし》に拓也《たくや》に美恵《みえ》。貴子《たかこ》に有《ゆう》に……」

写真《しゃしん》に写《うつ》っている顔《かお》を順番《じゅんばん》に指差《ゆびさ》していき、私《わたし》は一番右端《いちばんみぎはし》に写《うつ》っている男《おとこ》の子《こ》のところで手《て》を止《と》めた。

男《おとこ》の子《こ》はとても小柄《こがら》で、まるで女《おんな》の子《こ》みたいなかわいい顔立《かおだ》ちをしている。

照《て》れくさそうに笑《わら》って写《うつ》っている顔《かお》には確《たし》かに見覚《みおぼ》えがあった。

「これが、六番目《ろくばんめ》の子《こ》だな。顔《かお》は思《おも》い出《だ》したぞ」

写真《しゃしん》のおかげで有《ゆう》がはっきりとそう言《い》った。

みんなの記憶《きおく》の中《なか》にも同《おな》じ男《おとこ》の子《こ》がいるみたいでホッとする。

「だけど名前《なまえ》を思《おも》い出《だ》せないな」

拓也《たくや》がそうつぶやいたとき「中村《なかむら》くん」と、貴子《たかこ》が言《い》った。

全員《ぜんいん》の視線《しせん》が貴子《たかこ》へ向《む》かう。

貴子《たかこ》は写真《しゃしん》ではなく、後方《こうほう》に立《た》っている男《おとこ》の子《こ》へ視線《しせん》を向《む》けていた。

「中村《なかむら》くんじゃないですか⁉　三年生《さんねんせい》の二学期頃《にがっきごろ》に引《ひ》っ越《こ》してきて、四年《よねん》へ上《あ》がる前《まえ》に引《ひ》っ越《こ》していった子《こ》を覚《おぼ》えていませんか⁉」

中村《なかむら》くん。

心《こころ》の中《なか》でその名前《なまえ》をつぶやいた瞬間《しゅんかん》、一気《いっき》に記憶《きおく》が押《お》し寄《よ》せてきた。

『はじめまして。僕《ぼく》、中村英二《なかむらえいじ》です』

彼《かれ》は初《はじ》めての自己紹介《じこしょうかい》でペコリを頭《あたま》を下《さ》げてそう言《い》った。

『英二《えいじ》、お前《まえ》サッカーできる？』

昼休憩《ひるきゅうけい》のとき有《ゆう》が人数合《にんずうあ》わせのために彼《かれ》をサッカーに誘《さそ》っていた姿《すがた》を思《おも》い出《だ》した。

『僕《ぼく》、映画《えいが》が好《す》きなんだ。特《とく》に怖《こわ》い映画《えいが》が』

『マジで⁉　俺《おれ》も好《す》き！』

そうだった。

英二《えいじ》くんと最初《さいしょ》に仲良《なかよ》くなったのは有《ゆう》だったんだ。
『こいつ、英二《えいじ》。仲間《なかま》に入《い》れてやってくれ』
『もちろん』
拓也《たくや》が英二《えいじ》くんを交《まじ》えて談笑《だんしょう》している。
『僕《ぼく》はいつか自分《じぶん》の映画《えいが》を撮《と》ってみたいんだ。ホラーがいいなって思《おも》ってる』
『それいいね！　そのときはウチを主演女優《しゅえんじょゆう》にしてね』
冗談半分《じょうだんはんぶん》で笑《わら》って美恵《みえ》が言《い》う。
それを笑《わら》いながら見《み》ている私《わたし》たちがいる。
ああ、そうだった。
この頃《ころ》映画《えいが》を撮《と》りたいと言《い》っていたのは、私《わたし》たちじゃなくて英二《えいじ》くんだった。
それがいつしか自分《じぶん》たちの目標《もくひょう》にすり替《か》わっていたんだ。
次《つぎ》から次《つぎ》へと溢《あふ》れ出《だ》してくる思《おも》い出《で》たちに、気《き》がつけば涙《なみだ》が流《なが》れていた。
「悪《わる》い英二《えいじ》。俺《おれ》が最初《さいしょ》にお前《まえ》のことを思《おも》い出《だ》さなきゃいけなかったのに」
ぐすっと鼻《はな》をすり上《あ》げて有《ゆう》が言《い》う。
ノイズ交《ま》じりに見《み》えていた英二《えいじ》くんの顔《かお》は、今《いま》はハッキリと認識《にんしき》することができた。

私《わたし》たちが思《おも》い出《だ》したからだ。

男《おとこ》の子《こ》が、中村英二《なかむらえいじ》くんが笑《わら》った。

白《しろ》い歯《は》をのぞかせて嬉《うれ》しそうにエクボを見《み》せて。

「でも、どうして英二《えいじ》くんがこんなことを？」

質問《しつもん》すれば答《こた》えてくれると思《おも》ったけれど、英二《えいじ》くんはただ笑《わら》っているだけだった。

笑《わら》いながら、スーッと体《からだ》が透《す》き通《とお》っていく。

英二《えいじ》くんの体《からだ》の向《む》こう側《がわ》にある遊具《ゆうぐ》が見《み》えたとき、なぜか焦《あせ》りを感《かん》じた。

このまま二度《にど》と会《あ》えなくなるんじゃないかと思《おも》って。

「英二《えいじ》くん！」

私《わたし》が英二《えいじ》くんの名前《なまえ》を呼《よ》んだのと、拓也《たくや》がクッキー缶《かん》の中《なか》に残《のこ》っているものを見《み》つけたのはほぼ同時《どうじ》だった。

「これ、英二《えいじ》の引《ひ》っ越《こ》し先《さき》が書《か》いてある紙《かみ》だ」

拓也《たくや》が取《と》り出《だ》した紙《かみ》を見《み》て言《い》ったときにはもう、英二《えいじ》くんの姿《すがた》は完全《かんぜん》に消《き》えてなくなっていたのだった。

8　三日後《みっかご》

それからどうなったのか、気《き》がつけば私《わたし》は自分《じぶん》の部屋《へや》のベッドの上《うえ》で目《め》を覚《さ》ましていた。

上半身《じょうはんしん》を起《お》こしてみると窓《まど》から朝日《あさひ》が射《さ》し込《こ》んでいる。

「夢《ゆめ》？」

それにしてはリアルな夢《ゆめ》だった。

ベッドから起《お》き出《だ》してしっかりと目《め》を覚《さ》ますために脱衣所《だついじょ》へ向《む》かったとき、鏡《かがみ》の中《なか》に映《うつ》る自《じ》分《ぶん》の姿《すがた》に悲鳴《ひめい》を上《あ》げそうになった。

首《くび》にクッキリと指《ゆび》の跡《あと》がついているのだ。

あの女《おんな》の幽霊《ゆうれい》に首《くび》を絞《し》められたときについたものだ。

それは指先《ゆびさき》でこすっても消《き》えることがなく、本物《ほんもの》の指《ゆび》の跡《あと》だということがわかった。

私《わたし》は両親《りょうしん》が起《お》き出《だ》す前《まえ》にお母《かあ》さんのファンデーションで指《ゆび》の跡《あと》を隠《かく》して、ごまかすことにした。

「あら彩香《あやか》、今日《きょう》は早《はや》いのね」

ファンデーションをつけ終《お》わったタイミングでお母《かあ》さんが後《うし》ろから声《こえ》をかけてきてギクリとする。

「お、おはよう」

声《こえ》が裏返《うらがえ》ってしまいそうになるのをどうにか抑《おさ》え込《こ》んだ。

「あ、あのさお母《かあ》さん、私昨日《わたしきのう》の夜《よる》って何《なに》してたっけ？」

「昨日《きのう》の夜《よる》？　普通《ふつう》に帰《かえ》ってきてご飯《はん》を食《た》べて寝《ね》ただけでしょう？」

「ほ、本当《ほんとう》に!?」

「本当《ほんとう》よ。なぁに？　変《へん》な子《こ》ね」

お母《かあ》さんは首《くび》をかしげながらキッチンへと向《む》かってしまった。

昨日《きのう》、私《わたし》はちゃんと家《いえ》に帰《かえ》ってきたことになっている。

だけど首《くび》についた指《ゆび》の跡《あと》は本物《ほんもの》だ。

私《わたし》はいつもよりも乱暴《らんぼう》に顔《かお》を洗《あら》って支度《したく》をすませると、すぐに家《いえ》を出《で》たのだった。

☆☆☆

「彩香《あやか》！」

いつもより早《はや》く学校《がっこう》に到着《とうちゃく》したけれど、それよりも先《さき》に四人《よにん》が教室《きょうしつ》に来《き》ていた。

「拓也《たくや》、みんな！」

すぐに駆《か》け寄《よ》って全員《ぜんいん》の安否《あんぴ》を確認《かくにん》し、ホッと息《いき》を吐《は》き出《だ》した。

よかった、みんないつも通《どお》りみたいだ。

「不思議《ふしぎ》だよなぁ。昨日《きのう》あんなことがあったのに、家《いえ》では俺《おれ》、普通《ふつう》に過《す》ごしてたことになってたんだぜ」

有《ゆう》が両腕《りょううで》を頭《あたま》の後《うし》ろに回《まわ》して言《い》った。

「ウチも！　だけど昨日《きのう》の怪我《けが》は残《のこ》ってるんだよ」

美恵《みえ》が靴下《くつした》をずらして絆創膏《ばんそうこう》を見《み》せてきた。

傷《きず》はもう塞《ふさ》がっているみたいで、痛《いた》くはなさそうだ。

「昨日《きのう》掘《ほ》り返《かえ》したタイムカプセルは俺《おれ》の部屋《へや》にあった」

拓也《たくや》がカバンから紙袋《かみぶくろ》を取《と》り出《だ》し、その中《なか》からクッキー缶《かん》を出《だ》して言《い》った。

それにはまだ土《つち》がついていて、確《たし》かに昨日《きのう》掘《ほ》り出《だ》したもので間違《まちが》いなさそうだ。

「だけど私《わたし》たち、ちゃんと戻《もど》ってこられたんですから。ミッションクリアなんですよね？」

貴子《たかこ》がすがるような目《め》を有《ゆう》へ向《む》ける。

「あぁ、たぶんな。だけど英二《えいじ》が関《かか》わってたってのがよくわかんねぇ」

「それで考《かんが》えたんだけど、次《つぎ》の休《やす》みの日《ひ》に英二《えいじ》の引《ひ》っ越《こ》し先《さき》に行《い》ってみないか？」

拓也《たくや》が別《べつ》で持《も》っていたメモ用紙《ようし》を取《と》り出《だ》して言《い》った。

そこには英二《えいじ》くんの引《ひ》っ越《こ》し先《さき》の住所《じゅうしょ》が書《か》かれている。

こんなものを入《い》れていたなんて知《し》らなかった。

「そうだな。本人《ほんにん》に聞《き》くのが一番手《いちばんて》っ取《と》り早《ばや》いよな」

有《ゆう》がうなずき、それに反論《はんろん》する仲間《なかま》はひとりもいなかったのだった。

☆☆☆

思《おも》えば英二《えいじ》くんは人《ひと》を驚《おどろ》かせることが好《す》きだった。

先《さき》に教室《きょうしつ》へ戻《もど》ったと見《み》せかけて柱《はしら》の陰《かげ》から飛《と》び出《だ》してきたり、放課後《ほうかご》に真《ま》っ白《しろ》なシーツを頭《あたま》からかぶって幽霊《ゆうれい》のふりをしてみたり。

貴子《たかこ》がそれを本気《ほんき》で怖《こわ》がるものだから、よく拓也《たくや》にやりすぎだと怒《おこ》られていた。

「よし、じゃあ行《い》ってみるか」

私《わたし》たちが英二《えいじ》くんの引《ひ》っ越《こ》し先《さき》へ向《む》かったのはあの出来事《できごと》があってから三日後《みっかご》の、休《やす》みの日《ひ》だった。

電車《でんしゃ》で二時間《にじかん》かかる隣《となり》の県《けん》だ。

「お菓子《かし》持《も》ってきたから食《た》べてください」

電車《でんしゃ》に乗《の》ると同時《どうじ》に貴子《たかこ》がみんなに飴玉《あめだま》を配《くば》り始《はじ》めた。

「遠足《えんそく》じゃねぇんだからさ」

と、有《ゆう》が呆《あき》れ顔《がお》をしながらもさっそくそれを食《た》べている。

「ありがとう貴子《たかこ》」

私《わたし》もイチゴ味《あじ》の飴《あめ》を口《くち》の中《なか》で転《ころ》がして外《そと》の景色《けしき》を眺《なが》めた。

車窓《しゃそう》から見《み》える景色《けしき》はどんどん後《うし》ろへ遠《とお》ざかり、高《たか》い建物《たてもの》が見《み》えなくなる。

「英二《えいじ》くんってどんな子《こ》だっけ。サッカーは上手《じょうず》だった？」

私《わたし》が聞《き》くと有《ゆう》はうなずいた。

「あぁ。背《せ》は低《ひく》かったけど、その分俊敏《ぶんしゅんびん》なやつでさ、スポーツは得意《とくい》だったと思《おも》うぜ」

「そっか。映画《えいが》も好《す》きだったし、今回会《こんかいあ》えたらまた連絡《れんらく》を取《と》り合《あ》うようになるかもしれないな」

拓也《たくや》は期待《きたい》に胸《むね》を膨《ふく》らませている。

英二《えいじ》くんと私《わたし》たちはきっと今《いま》でも気《き》が合《あ》うはずだ。

それから電車《でんしゃ》を乗《の》り継《つ》いでたどり着《つ》いた駅《えき》は小《ちい》さくて、外《そと》へ出《で》ても大《おお》きなビルは見《み》えなかった。

たった二時間乗《にじかんの》ってきただけなのに、まるで別《べつ》の世界《せかい》に来《き》たみたいだ。

「ここからは歩《ある》いても近《ちか》いはずだから、行《い》こう」

拓也《たくや》がスマホで地図《ちず》を出《だ》して先頭《せんとう》を歩《ある》き出《だ》す。

もうすぐ英二《えいじ》くんに会《あ》うことができると思《おも》うと、なんだか緊張《きんちょう》してきた。

「まず最初《さいしょ》になんて質問《しつもん》する？　あんな目《め》にあわせやがってぇ！　とか？」

歩《ある》きながら美恵《みえ》が有《ゆう》に聞《き》いている。

「そうだな。まずはヘッドロックの刑《けい》だな」

と、有《ゆう》が冗談半分《じょうだんはんぶん》で答《こた》えている。

でも、本当《ほんとう》に何《なに》を話《はな》そう。

どうしてあんな風《ふう》に出《で》てきたの？

あれも英二《えいじ》くんが企《たくら》んだドッキリだったの？

色々《いろいろ》と聞《き》きたいことはあるけれど、時間《じかん》もたっぷりあるから焦《あせ》る必要《ひつよう》はない。

私《わたし》たちはもう英二《えいじ》くんのことを忘《わす》れたりしないんだから。


「ここだ」

繁華街《はんかがい》から住宅街《じゅうたくがい》へと抜《ぬ》けてすぐのところで拓也《たくや》が立《た》ち止《ど》まった。

そこは社宅《しゃたく》になっているらしい一軒家《いっけんや》で、『中村《なかむら》』という表札《ひょうさつ》が出《で》ている。

駐車場《ちゅうしゃじょう》には白《しろ》い軽《けい》の車《くるま》が一台停《いちだいと》まっていた。

英二《えいじ》くんのお父《とう》さんは転勤族《てんきんぞく》だから、書《か》かれた住所《じゅうしょ》に暮《く》らしているかどうか心配《しんぱい》していたけれど、大丈夫《だいじょうぶ》そうだ。

「よし、行《い》こう」

拓也《たくや》が玄関《げんかん》チャイムを鳴《な》らす。

するとすぐに家《いえ》の奥《おく》から「はぁい」と、女性《じょせい》の声《こえ》が聞《き》こえてきた。

玄関《げんかん》を開《あ》けて出《で》てきたのは小柄《こがら》な女性《じょせい》で、ひと目《め》で英二《えいじ》くんのお母《かあ》さんだとわかるくらい似《に》ていた。

「あ、こんにちは。俺《おれ》たち飯島丘小学校《いいじまおかしょうがっこう》にいたメンバーなんですけど、英二《えいじ》くんいますか？」

その質問《しつもん》にお母《かあ》さんは目《め》を大《おお》きく見開《みひら》いて私《わたし》たちを見《み》つめた。

「飯島丘小学校《いいじまおかしょうがっこう》の子《こ》たちが、まぁ……」

と、言《い》ったきり黙《だま》り込《こ》んでしまう。

どうしたんだろうと思《おも》っていると、家《いえ》の奥《おく》からお父《とう》さんらしき人《ひと》が出《で》てきた。

こっちは筋肉質《きんにくしつ》な体《からだ》をしていて、力《ちから》が強《つよ》そうだ。

「どうしたんだ？」

「あなた……」

後《うし》ろを向《む》いてこそこそと話《はなし》をしているところを見《み》ると、英二《えいじ》くんは不在《ふざい》なのかもしれない。

電車《でんしゃ》で二時間《にじかん》かかるから出直《でなお》すのは大変《たいへん》だけれど、ご両親《りょうしん》を困《こま》らせてしまうわけにもいかない。

そう思《おも》っていたときだった。

「どうぞ、入《はい》ってください」

話《はな》し合《あ》いを終《お》えたお父《とう》さんがそう言《い》い、私《わたし》たちを家《いえ》の中《なか》へ通《とお》してくれたのだった。

☆☆☆

リビングは整理整頓《せいりせいとん》されていて、とても清潔感《せいけつかん》があった。
白《しろ》いテーブルの上《うえ》には白《しろ》い花瓶《かびん》にピンクの花《はな》がいけられている。
けれど一番気《いちばんき》になったのはリビングに漂《ただよ》っている香《かお》りだった。
とてもおしゃれな室内《しつない》なのに、それに似《に》つかわしくないお線香《せんこう》の匂《にお》いがしている。
「こっちへ」
お父《とう》さんに促《うなが》されて隣《となり》の和室《わしつ》へと入《はい》ったとき、その香《かお》りが強《つよ》くなった。
こっちには仏壇《ぶつだん》が置《お》かれているみたいだ。
英二《えいじ》くんはどこにいるんだろう？
そう思《おも》って室内《しつない》を見回《みまわ》してみると、大《おお》きな仏壇《ぶつだん》が目《め》に入《はい》った。
そこに飾《かざ》られている写真《しゃしん》を見《み》て「えっ」と、思《おも》わず声《こえ》を上《あ》げてしまった。
その写真《しゃしん》は英二《えいじ》くんのものだったのだ。

英二《えいじ》くんは映画館《えいがかん》で見《み》たのと同《おな》じように白《しろ》い歯《は》をのぞかせて、エクボを浮《う》かべて笑《わら》っている。

「あの、これってどういうことですか？」

質問《しつもん》する声《こえ》がうわずって、ひっくり返《かえ》ってしまいそうになる。

「英二《えいじ》は中学三年生《ちゅうがくさんねんせい》になってしばらくしてから病気《びょうき》になってね、入退院《にゅうたいいん》を繰《く》り返《かえ》していたんだけど、つい三日前《みっかまえ》に亡《な》くなったんだよ」

お父《とう》さんが目《め》を伏《ふ》せて説明《せつめい》してくれたけれど、信《しん》じられなかった。

三日前《みっかまえ》といえば、私《わたし》たちがあの恐《おそ》ろしい経験《けいけん》をした日《ひ》だった。

「じょ、冗談《じょうだん》ですよね？　だって英二《えいじ》は……」

そこまで言《い》って有《ゆう》は口《くち》を閉《と》じた。

妙《みょう》な発言《はつげん》をしてご両親《りょうしん》を混乱《こんらん》させるわけにはいかない。

「もしかして、夢枕《ゆめまくら》にでも英二《えいじ》が出《で》てきたかい？」

そう質問《しつもん》されて拓也《たくや》が曖昧《あいまい》にうなずいた。

このくらいの嘘《うそ》ならきっと許《ゆる》されるだろう。

「そうか。英二《えいじ》は飯島丘小学校《いいじまおかしょうがっこう》が一番《いちばん》好《す》きだったと言《い》ってたからなぁ」

お父《とう》さんの目《め》には涙《なみだ》が光《ひか》る。

その様子《ようす》を見《み》ると、家族《かぞく》ぐるみで私《わたし》たちを驚《おどろ》かせようとしているわけでもなさそうだった。

「たった数ヶ月《すうかげつ》しか一緒《いっしょ》にいなかったのに、英二《えいじ》くんはそんなことを言《い》ってたんですか？」

貴子《たかこ》がこらえきれずに涙《なみだ》を流《なが》して質問《しつもん》する。

「そうだよ。趣味《しゅみ》が合《あ》う友達《ともだち》が沢山《たくさん》いるんだって毎日楽《まいにちたの》しそうにしてた」

お父《とう》さんは懐《なつ》かしそうに目《め》を細《ほそ》めた。

きっと、この話《はなし》は嘘《うそ》なんかじゃない。

本当《ほんとう》に英二《えいじ》くんは最後《さいご》の最後《さいご》まで私《わたし》たちのことを思《おも》い出《だ》してくれていたんだ。

そんな英二《えいじ》くんのことを忘《わす》れてしまっていたなんて……！

申《もう》し訳《わけ》なくて、悲《かな》しくて、胸《むね》がチクチクと痛《いた》くなる。

「ごめんなさい、私《わたし》たち何《なに》も知《し》らなくて」

せめて英二《えいじ》くんが生《い》きている間《あいだ》にもう一度会《いちどあ》いたかった。

「君《きみ》たちは悪《わる》くないよ。連絡《れんらく》しなかった僕《ぼく》たちも悪《わる》かったんだから」

お父《とう》さんはそう言《い》ってくれるけれど、やっぱり胸《むね》には後悔《こうかい》が滲《にじ》んでくる。

そこで気《き》を取《と》り直《なお》すように有《ゆう》が勢《いきお》いよく顔《かお》を上《あ》げて言《い》った。

その顔《かお》は涙《なみだ》と鼻水《はなみず》に濡《ぬ》れていた。

「英二《えいじ》は最後《さいご》の最後《さいご》にどでかいドッキリを残《のこ》していきました」

「へえ、それはどんな？」

興味《きょうみ》をひかれたお父《とう》さんに向《む》けて、有《ゆう》が泣《な》きながら笑《え》みを浮《う》かべた。

「それは内緒《ないしょ》です。俺《おれ》たちと英二《えいじ》だけの」

☆☆☆

英二《えいじ》くんの病気《びょうき》は進行性《しんこうせい》のガンだったそうだ。

発症《はっしょう》して半年《はんとし》で英二《えいじ》くんはこの世《よ》からいなくなってしまった。

最後《さいご》の最後《さいご》まで飯島丘小学校《いいじまおかしょうがっこう》のことを話《はな》し、病院《びょういん》にクラス写真《しゃしん》を持《も》っていって眺《なが》めていたらしい。

通夜《つや》にも葬儀《そうぎ》にも参列《さんれつ》できなかった私《わたし》たちは、納骨《のうこつ》が終《お》わってからお墓《はか》へ行《い》くことを約束《やくそく》して、自分《じぶん》たちの地元《じもと》へと帰《かえ》ってきていた。

「映画館《えいがかん》の男《おとこ》の人《ひと》はどうなったんだろう？」

映画館《えいがかん》に近《ちか》づいたとき、私《わたし》はふと残《のこ》っていた疑問《ぎもん》を口《くち》にした。

私《わたし》たちに声《こえ》をかけてくれた男性《だんせい》の姿《すがた》はあれ以来《いらい》見《み》ていない。

「さぁ？　誰《だれ》だったんだろうな」

拓也《たくや》が首《くび》をかしげたとき、映画館《えいがかん》の従業員用《じゅうぎょういんよう》の出入《でい》り口《ぐち》からひとりの男性《だんせい》が出《で》てくるのが見《み》えて足《あし》を止《と》めた。

その顔《かお》を見《み》て有《ゆう》が「あ!!」と声《こえ》を上《あ》げ、指《ゆび》をさした。

「え？」

男性《だんせい》がその声《こえ》に驚《おどろ》いてこちらを見《み》る。

その人《ひと》は確《たし》かに私《わたし》たちに声《こえ》をかけてきたあの人《ひと》だったのだ。

「なんだい君《きみ》たち、何《なに》か用事《ようじ》かい？」

男性《だんせい》は両手《りょうて》に抱《かか》えていた大《おお》きな段《だん》ボールを地面《じめん》に置《お》き、首《くび》にかけたタオルで汗《あせ》を拭《ふ》きながら聞《き》いてきた。

「あ、あの、俺《おれ》たちのこと覚《おぼ》えてないですか？」

「君《きみ》たちのこと？」

拓也《たくや》の質問《しつもん》に首《くび》をかしげている。

何《なに》も覚《おぼ》えていないのかもしれない。

「映画館《えいがかん》の中《なか》は大丈夫《だいじょうぶ》ですか？　荒《あ》らされたり、スクリーンが破《やぶ》れたりしてないですか？」

私《わたし》が更《さら》に質問《しつもん》を重《かさ》ねると、男性《だんせい》は「いや、なんともないよ？」と首《くび》を左右《さゆう》に振《ふ》った。

何《なに》もかも、キレイに元通《もとどお》りになっているみたいだ。

私《わたし》は全身《ぜんしん》から力《ちから》が抜《ぬ》けるのを感《かん》じながら、また歩《ある》き出《だ》した。

「英二《えいじ》のドッキリにはいつも驚《おどろ》かされてたけど、片付《かたづ》けはちゃんとするヤツだったよなぁ」

有《ゆう》が思《おも》い出《だ》し笑《わら》いをする。

「本当《ほんとう》だよね！　幽霊《ゆうれい》のふりに使《つか》ったシーツもちゃんと片付《かたづ》けてた！」

美恵《みえ》が大笑《おおわら》いする。

みんなの記憶《きおく》の中《なか》で英二《えいじ》くんが笑《わら》っている。

目《め》を閉《と》じればすぐそこに小学校三年生《しょうがっこうさんねんせい》の英二《えいじ》くんが見《み》えるようだ。

『うわっ！』

真《ま》っ白《しろ》なシーツをかぶった英二《えいじ》くんが、教室《きょうしつ》へ入《はい》ってきた私《わたし》たち五人《ごにん》を驚《おどろ》かせる。

『キャアア！』

一番大《いちばんおお》きな悲鳴《ひめい》を上《あ》げてうずくまるのは貴子《たかこ》だ。

貴子《たかこ》は目《め》に涙《なみだ》を浮《う》かべて怖《こわ》がっている。

『またお前《まえ》か、英二《えいじ》！』

シーツの上《うえ》から英二《えいじ》くんに飛《と》びかかる有《ゆう》。

『あははっ！　シーツを使《つか》った怖《こわ》い映画《えいが》は沢山《たくさん》あるから、やってみたかったんだ』

笑《わら》いながらシーツの中《なか》から顔《かお》を出《だ》す英二《えいじ》くん。

最後《さいご》の最後《さいご》になって、本格的《ほんかくてき》に怖《こわ》がらせることに成功《せいこう》したんだ。

それは映画《えいが》の撮影《さつえい》よりもよっぽどリアルで、きっと英二《えいじ》くんが本当《ほんとう》に撮影《さつえい》したかったものだったんだと思《おも》う。

「あいつはあいつなりに、夢《ゆめ》を叶《かな》えたってことかな」

拓也《たくや》が空《そら》を見上《みあ》げてつぶやく。

そうかもしれない。

こっちとしてはいい迷惑《めいわく》だったけれど。

「でも、楽《たの》しかったですよね！」

貴子《たかこ》も空《そら》に顔《かお》を向《む》ける。

私《わたし》も同《おな》じように空《そら》を見上《みあ》げて、そして「うん！」と、大《おお》きな声《こえ》でうなずいたのだった。

9　私《わたし》たちの日常《にちじょう》へ

「美恵《みえ》、そのミサンガ何《なに》？　めっちゃ汚《よご》れてない？」

教室内《きょうしつない》で美恵《みえ》が友達《ともだち》に指摘《してき》され、自分《じぶん》の右手首《みぎてくび》につけているミサンガをかかげて見《み》つめた。

それは灰色《はいいろ》に変色《へんしょく》しているけれどなかなか千切《ちぎ》れることがなくて、美恵《みえ》は毎日学校《まいにちがっこう》につけてきていた。

これが千切《ちぎ》れたときにはきっと自分史上最大《じぶんしじょうさいだい》のいいことが起《お》こるのだと、信《しん》じている。

「へへ。いいでしょ」

「何《なに》がいいの？」

汚《よご》れたミサンガのよさがわからない友達《ともだち》は首《くび》をかしげているけれど、美恵《みえ》は「内緒《ないしょ》」と少《すこ》しだけ舌《した》を出《だ》して見《み》せた。

「有《ゆう》のバッジもなかなかダサいよね」

美恵《みえ》が近《ちか》くにいた有《ゆう》を引《ひ》き合《あ》いに出《だ》して言《い》う。

有《ゆう》の制服《せいふく》のズボンには、小学校三年生《しょうがっこうさんねんせい》の頃《ころ》、工作《こうさく》の授業《じゅぎょう》で自作《じさく》した星型《ほしがた》のバッジがつけられている。

中学《ちゅうがく》の制服《せいふく》とはミスマッチで絶妙《ぜつみょう》なダサさだ。

「ふんっ。ダサいのがいいんじゃねぇか」

と、有《ゆう》もバッジを外《はず》すつもりはなさそうだ。

そんなやりとりを見《み》ていた私《わたし》は無意識《むいしき》のうちに自分《じぶん》の首《くび》にかけているペンダントに手《て》を伸《の》ばしていた。

これも劣化《れっか》が激《はげ》しくて首《くび》につけるのを少《すこ》し躊躇《ちゅうちょ》してしまうくらいだけれど、チェーン部分《ぶぶん》のサビを丁寧《ていねい》に拭《ふ》き取《と》ればどうってことはなかった。

なにせ、六人《ろくにん》で写《うつ》っている写真《しゃしん》がこの中《なか》に大切《たいせつ》にしまわれているんだから。

「拓也《たくや》の手紙《てがみ》はどうしたの？」

右隣《みぎどなり》に立《た》っている拓也《たくや》へ質問《しつもん》すると「俺《おれ》のは手紙《てがみ》だし持《も》ち歩《ある》けないからなぁ」と、両手《りょうて》を天《てん》井《じょう》に伸《の》ばしてうーんと伸《の》びをした。

「そうだよね」

「額縁《がくぶち》に入《い》れて部屋《へや》に飾《かざ》ってある」

拓也《たくや》の言葉《ことば》に目《め》を見開《みひら》いた。

まるで賞状《しょうじょう》のようにあの手紙《てがみ》が部屋《へや》に飾《かざ》られているのを想像《そうぞう》すると、ちょっと笑《わら》えてくる。

そんな話《はなし》をしていると、トイレに行《い》っていた貴子《たかこ》が戻《もど》ってきた。

貴子《たかこ》のぬいぐるみは今《いま》はカバンにつけられている。

毎日《まいにち》それが左右《さゆう》にゆらゆら揺《ゆ》れているのを見《み》ると、なんだか懐《なつ》かしい気持《きも》ちになってくる。

もう忘《わす》れてしまったけれど、小学校三年生《しょうがっこうさんねんせい》の頃《ころ》の貴子《たかこ》も同《おな》じようにあのぬいぐるみをカバンにつけていたかもしれない。

なんとなく、みんなの視線《しせん》が貴子《たかこ》へと向《む》かう。

「みんな、どうしたの？　私《わたし》の顔《かお》に何《なに》かついてる？」

キョトンとして自分《じぶん》の頬《ほほ》に触《ふ》れる貴子《たかこ》に私《わたし》は自然《しぜん》と笑顔《えがお》になった。

あの出来事《できごと》を乗《の》り越《こ》えて以降《いこう》、貴子《たかこ》はクラスメートに敬語《けいご》を使《つか》うのをやめた。

後輩《こうはい》に対《たい》してはまだ敬語《けいご》を使《つか》ってしまうことがあるけれど、それでも大《おお》きな進歩《しんぽ》だった。

「べっつにぃ？　ところで、今日《きょう》の放課後《ほうかご》はなんの映画《えいが》を見《み》に行《い》く？」

美恵《みえ》が飛《と》び跳《は》ねるようにして貴子《たかこ》に近《ちか》づき、肩《かた》を組《く》んだ。

「また映画《えいが》？　私《わたし》たち受験生《じゅけんせい》だよ？」

貴子《たかこ》が慌《あわ》てたように指摘《してき》するけれど、その顔《かお》は嬉《うれ》しそうだ。

「またまたそんな硬《かた》いこと言《い》って！　有《ゆう》、拓也《たくや》、彩香《あやか》も映画《えいが》行《い》くでしょう？」

美恵《みえ》に言《い》われて私《わたし》と拓也《たくや》は目《め》を見交《みか》わした。

そしてふたりの元《もと》へと駆《か》け寄《よ》っていく。

「もちろん行《い》くだろ!!」

返事《へんじ》をしようとしたとき、後《うし》ろから有《ゆう》の大《おお》きな声《こえ》が聞《き》こえてきた。

私は胸《むね》に揺《ゆ》れるペンダントを握《にぎ》りしめて「六人《ろくにん》でね」とつぶやいた。

……もうすぐ英二《えいじ》くんのお墓参《はかまい》りに行《い》く日《ひ》がやってくる。

あとがき

みなさま初《はじ》めまして。西羽咲《にしわざき》花月《かつき》と申《もう》します。覚《おぼ》えにくい名前《なまえ》でごめんなさい。気軽《きがる》に花月《かつき》と呼《よ》んでください。

あとがきまで読《よ》んでくれたそこのあなた！　本当《ほんとう》にありがとうございます。本編《ほんぺん》を楽《たの》しんでいただけたでしょうか？

え？　まだ読《よ》んでない？

それならページを戻《もど》して先《さき》に読《よ》んできてください！

ネタバレするかもしれないからね。

さて、作中《さくちゅう》には映画館《えいがかん》という、主人公《しゅじんこう》たちにとって思《おも》い出《で》のある場所《ばしょ》がでてきますが、みなさまにもそんな場所《ばしょ》がひとつはあるのではないでしょうか？

友達《ともだち》と遊《あそ》んだ公園《こうえん》。お菓子《かし》を買ってもらったお店《みせ》。

ちなみに私《わたし》の思《おも》い出《で》の場所《ばしょ》は子供《こども》の頃《ころ》によく遊《あそ》んだ公園《こうえん》と、友達《ともだち》のご両親《りょうしん》が営《いとな》んでいた駄菓《だが》子屋《しや》さんです。

残念《ざんねん》ながら駄菓子屋《だがしや》さんはもうなくなってしまいました。

自分《じぶん》が好《す》きだった場所《ばしょ》がなくなってしまうのは悲《かな》しいことです。

主人公《しゅじんこう》たちも私《わたし》と同《おな》じで、そんな悲《かな》しい気持《きも》ちを経験《けいけん》しました。

だけど、建物《たてもの》がなくなっても思《おも》い出《で》は残《のこ》る。人《ひと》と離《はな》れてしまっても自分《じぶん》が忘《わす》れなければ心《こころ》の中《なか》で一緒《いっしょ》にいられる。

そんな成長《せいちょう》もできました。

生《い》きていれば出会《であ》いと別《わか》れは必《かなら》ず経験《けいけん》しなければならないときが来《く》る。

そのときにふと思《おも》い出《だ》して前《まえ》を向《む》けるようなお話《はなし》になっていれば、幸《さいわ》いです。

怖《こわ》いだけでなく、みなさまの支《ささ》えになれることを夢見《ゆめみ》ております。

最後《さいご》になりましたが、アルファポリスの担当編集者《たんとうへんしゅうしゃ》さま、表紙《ひょうし》、挿絵《さしえ》の素敵《すてき》なイラストを描《か》いてくださったなこさま、この本《ほん》に関《かか》わってくださったすべての皆《みな》さまに心《こころ》から感謝《かんしゃ》いたします。

そしてまた次《つぎ》の御縁《ごえん》があることを願《ねが》っています。

それでは今回《こんかい》はここまで！　読《よ》んでくれてありがとう！

西羽咲《にしわざき》　花月《かつき》

アルファポリスきずな文庫

推《お》し発見《はっけん》！
超《ちょう》セレブ校《こう》は危険《きけん》だらけ!?

吸血鬼学園《ヴァンパイアがくえん》へようこそ

作：凜江《りえ》　絵：riri《りり》

天涯孤独《てんがいこどく》の高校一年生《こうこういちねんせい》の黒川《くろかわ》ひかるは大金持《おおがねも》ちの祖父《そふ》に引《ひ》き取《と》られ、全寮制《ぜんりょうせい》の超《ちょう》セレブお金持《かねも》ち学校《がっこう》に転校《てんこう》することに！　何《なに》もかも規格外《きかくがい》すぎる学園《がくえん》。イケメンだらけの生徒会《せいとかい》メンバーは全員吸血《ぜんいんきゅうけつ》鬼《き》！？　その上《うえ》、私《わたし》が吸血鬼《きゅうけつき》にとってのごちそう！？

アルファポリスきずな文庫

探偵《たんてい》と怪盗《かいとう》の
学園《がくえん》ファンタジー！

守護霊探偵《しゅごれいたんてい》アンバー1～2

作：小谷杏子《こたにきょうこ》　絵：ほし

中学二年生《ちゅうがくにねんせい》のこはくのもとに、去年死《きょねんし》んでしまったペットのルビィが守護霊《しゅごれい》みならいとして帰《かえ》ってきた！ルビィが正式《せいしき》な守護霊《しゅごれい》になる手伝《てつだ》いをするため、こはくは校内《こうない》のお悩《なや》み相談係《そうだんがかり》を始《はじ》めることに。魔法《まほう》と推理《すいり》で学校《がっこう》の問題《もんだい》を解決《かいけつ》するスクールファンタジー！

アルファポリスきずな文庫

『カラダ探《さが》し』ウェルザードによる
最恐《さいきょう》の新《しん》シリーズ！

怪奇学園《かいきがくえん》1　四季小学校《しきしょうがっこう》と呪《のろ》いの大鏡《おおかがみ》

作：ウェルザード　絵：ぴろ瀬《せ》

悪魔《あくま》によって学校《がっこう》の七不思議《ななふしぎ》『呪《のろ》いの大鏡《おおかがみ》』の中《なか》に閉《と》じ込《こ》められてしまった春夏秋冬班《しゅんかしゅうとうはん》の春香《はるか》、太陽《たいよう》、昴《すばる》、冬菜《ふゆな》。次々《つぎつぎ》と襲《おそ》い来《く》る怪奇《かいき》たちに命《いのち》をかけて立《た》ち向《む》かわなければ、待《ま》つのは死《し》……？　果《は》たして、春夏秋冬班《しゅんかしゅうとうはん》は元《もと》の世界《せかい》に戻《もど》れるのか――!?

アルファポリスきずな文庫

イケメンふたごにはさまれ、
ドキドキいっぱいの学園《がくえん》ラブ！

ホントのキモチ！ 〜運命《うんめい》の相手《あいて》は、イケメンふたごのどっち!?〜

作：望月《もちづき》くらげ　絵：小鳩《こばと》ぐみ

学校一《がっこういち》の人気者《にんきもの》、ふたごの樹《いつき》と蒼《あおい》。中学二年生《ちゅうがくにねんせい》の凜《りん》は、みんなに優《やさ》しい樹《いつき》のことが大好《だいす》き。ある日勢《ひいきお》いで告白《こくはく》したら、なんと相手《あいて》は蒼《あおい》だった!?　樹《いつき》と間違《まちが》えたと言《い》えないまま、凜《りん》は蒼《あおい》と付《つ》き合《あ》うことになって——。この恋《こい》、いったいどうなっちゃうの!?

アルファポリスきずな文庫

西羽咲花月《にしわざきかつき》／作《さく》

岡山県津山市在住。2013年『爆走LOVE★BOY』（スターツ出版）でデビュー。趣味は読書とスマホゲームと推しアイドルのグッズ集め。

なこ／絵《え》

柔らかく温かみのある光の表現が得意なイラストレーター。三度の飯よりかわいい女の子が好き。

映《え》画《い》館《がかん》から脱出《だっしゅつ》せよ！

～生死《せいし》をかけてアイテムをゲットしろ！～

作《さく》　西羽咲花月《にしわざきかつき》
絵《え》　なこ

2025年 3月 15日 初版発行

編集	反田理美・森 順子
編集長	倉持真理
発行者	梶本雄介
発行所	株式会社アルファポリス 〒150-6019 東京都渋谷区恵比寿4-20-3 恵比寿ガーデンプレイスタワー 19F TEL 03-6277-1601（営業） 03-6277-1602（編集） URL https://www.alphapolis.co.jp/
発売元	株式会社星雲社（共同出版社・流通責任出版社） 〒112-0005 東京都文京区水道1-3-30 TEL 03-3868-3275
デザイン	川内すみれ(hive&co.,ltd.) （レーベルフォーマットデザイン— アチワデザイン室）
印刷	中央精版印刷株式会社

価格はカバーに表示しています。
落丁乱丁の場合はアルファポリスまでご連絡ください。送料は小社負担でお取り替えします。
本書を無断複製（コピー、スキャン、デジタル化等）することは、著作権法により禁じられています。

©Katsuki Nishiwazaki 2025.Printed in Japan
ISBN978-4-434-35449-6 C8293

ファンレターのあて先

〒150-6019 東京都渋谷区恵比寿4-20-3 恵比寿ガーデンプレイスタワー 19F
（株）アルファポリス　書籍編集部気付

西羽咲花月先生

いただいたお便りは編集部から先生におわたしいたします。